少年死刑囚

インパクト選書―6

中山義秀［著］

池田浩士［解説］

インパクト出版会

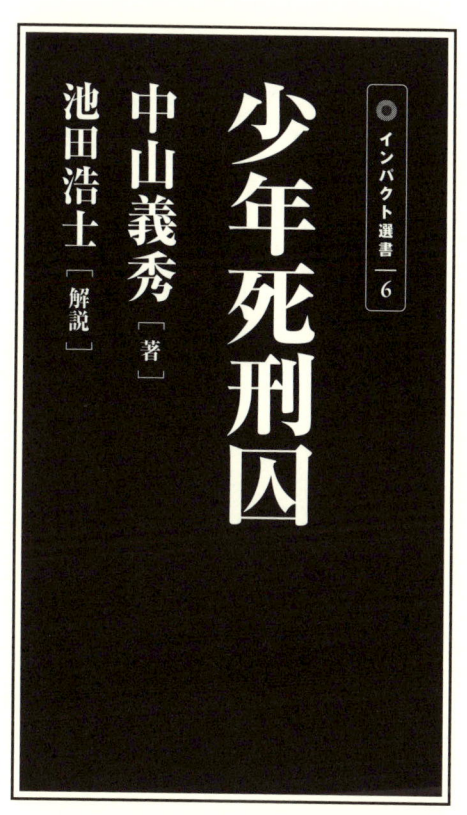

『少年死刑囚』

凡例

一、中山義秀の小説「少年死刑囚」は、前篇が『別冊文藝春秋』第十四号（一九四九年十二月、文藝春秋新社）に、後篇が『文學界』第四巻第八号（一九五〇年八月、文藝春秋新社）に発表されたのち、作品集『少年死刑囚』（一九五〇年十一月、文藝春秋新社）に他の小説六篇とともに収められた。本書はこの作品集の初版本を底本としている。

二、漢字は一部の固有名詞を除いて新漢字体に、仮名遣《かなづか》いはすべて新仮名遣いに改めた。ただし、元来別の字である附と付、丁と町などについては本字を生かした。

三、用語や描写の変更はいっさい行なっていない。一般的でないと思われる作者独特の言い回しや漢字送りがなについても、それらの不統一を含めすべて原文を忠実に再現した。ただし、明らかな誤植については初出誌に拠って訂正した。誤字・脱字が疑われる箇所や読者が誤りと思いかねない表現には、その右側に（ママ）と註記した。

四、底本では振りがな（ルビ）は一ヵ所にしか振られていないが、本書では難読と思われる漢字に解説者の責任で適宜ルビを補った。底本のルビには※印を付して、それ以外のもの（無印）と区別した。

五、現在の社会状況や生活様式のなかではすでに死語となり理解が容易ではない語彙や言い回しが散見するが、敢えて註を付けることをせず、巻末の「解説」のなかで可能な限りその時代状況を説明するにとどめた。

少年死刑囚

左記の書は、昭和二十三年二月、某地方裁判所で死刑の言渡をうけた、昭和六年一月生、当時かぞえ年十八歳の少年の手記である。少年の犯罪は、強盗殺人、同未遂、放火未遂。

私は罪業の子である。罪の子として生れ、罪の子として育ち、罪の子としてはてる。十八年の生涯をかえりみて、犯した罪以外に何の意義も、我が生活に見出すことができない。私はたゞ罪を犯すためにのみ、この世に生れ出てきたのであろうか。呪われた私の生存であり、私の恐しい宿命である。死刑は当然にして、しかも私に似つかわしい、生の結末であろう。

私は西国の生である。父は四人きょうだいの中、唯一人の男の子だったから、両親から愛された筈だが、それほどではなかった。

父は無口でぶあいそだった。陰気でめったに笑わない。可愛気のない子だというので、勝気な生母からはことにうとまれた。

父は若い時分、いろいろ職をかえた。商店の小僧になったこともあるし、陶器工場の職工になったこともある。何処もなが続きしなかった。

父は祖母のえらんだ女を嫌って、他の女と私通し私を生んだ。その女は紡績女工だったともいうし、もっと卑しい身の上の女だったとも云われている。祖母は私の母を、家に入れなかった。私は生母の顔も名も人柄も、その生死すら知らない。

父は私を祖父母の手に残し、家を出て満洲へ渡った。私の母の事で、両親と争ったためであろう。私の祖父母は花柳界の片隅に、小さな雑貨屋をいとなんでいた。父がいなくなれば、私の祖父母は将来、私にたよらなければならぬ。そこで私は、祖父母から大事にされた。孤児という憐みも、あったに違いない。

母をもたぬ私は、なま牛乳やミルク、豆乳、重湯《おもゆ》、葛湯《くずゆ》などで育てられたため、幼児はひよわかった。五、六歳の頃だったであろうか。私は風邪から、肋膜炎にかゝったことがある。

重病だというので、祖父母は私の看護に手をつくした。近所の人々や知合の人達が、菓子や果物や絵本などを見舞に持ってくる。私はいゝ気になって、病の永びかんことを祈った。熱がさがることをおそれて、体温計を火鉢であたゝめたりした。

人をいつわる事を知ったのは、これが最初である。すくなくとも、最初の記憶である。私は六、七歳の頃から、絵本やお伽噺《とぎばなし》や漫画の本などを読むことをおぼえた。紙芝居も好きだった。近所が芸妓屋なので、十二、三歳の子守や下地《したじ》ッ子が、塵紙、蚊やり、日用品の類を買いに、私の家へよくやってくる。そしてそのついでに、暇つぶしや買喰のため、私の所であそんでゆく。

私は彼女達からいつともなく、仮名文字を読むことを教わったばかりでなく、男女間のことをはやく知るようになった。むつという十三になる子守女は、裏の納屋へ私をつれこみ、私のものをおもちゃにして遊んだ。背の赤ン坊が泣きだして、納屋に隠れていた私達は、祖母にあやしまれたこともある。

小学校に通うようになると、私はもう平気で幼い女の友達と、男女の戯れを真似するようになった。異性さえみると、すぐそのほうへ気をとられる。十六、七歳の肉付のよい芸妓の湯上り姿などに出会うと、身体がふるえて痺れるような気がした。

一方私は年をかさねてゆくにつれて、両親のいないことに、大きな不平と友達にたいするひけ目を感じるようになった。学校友達が父母にあまえている姿をみると、堪えられなかった。そのため祖父母にあたりちらした。祖父母から機嫌をとられると、かえって悪くなった。私はひねくれ、すべての事に不満をもち、祖父母や友達や世の中へ復讐してやりたくなった。私は祖父母のいうことを一切きかず不従順になり、我儘一杯にふるまった。

私の小学校は、男女共学だった。三年の時、同級にいく子という少女がいた。私はひそかにこの少女に思をよせるようになった。私は学校の帰り、彼女を野あそびにさそったが、彼女は私の勧めにしたがわなかった。その後彼女はいつも、友達と一緒に家へかえる。

私はいく子の機嫌をとるために、家の金を盗んだ。店の売上げの金は、祖母がきびしく保管していた。毎夜おそく店をしめてから、祖父を相手に売上げを勘定した。私の盗は、すぐ祖母に発見された。

私は近所の芸妓屋へあそびに行き、芸妓の鏡台をあけて金を探しているところを、女中に見つかった。私は芸妓の化粧道具に、興味をいだいている風な様子をして白ばくれた。

「あら、この子はもう、色けづいてきたのかしら」

女中は私の芝居にだまされた。私は映画をみたり、大衆雑誌を読むようになった。私は早熟で、空想好きだった。自分を中心に、世の中のことが万事自分の思い通りになるように考えて、毎日を上の空で暮した。

予習、復習なぞ、もとよりしない。勉強や強制されることは、何より嫌いだった。自分のやりたい事、好きな事だけに耽《ふけ》っていたかった。私は自分にあまい祖父母を、なんとかかんとか胡麻化して金をせびり、映画をみに行った。映画は私の空想を刺戟して、かぎりなく面白かった。

私は決して勉強しなかったけれども、学校の成績はさほど悪くはなかった。

「正信さんは、どこか人と違ったところがあるよ」

そんな事を近所の人から云われて、子供心に得意になっていた。勉強は嫌いだったが、好きないく子の手前、できるふりをしたかった。

「宿題をやってきたか」

先生から聞かれる度に、私は必ず「はい」と答えた。すこしでも不安な表情をしたり、あわてた様子をみせたりしては、嘘を見破られると思って、私はきわめて自然に、先生の前でにこにこ笑ってみせた。

私はそんな芝居をつづけている間に、嘘を嘘でないと信じていれば、他人は看破できるものではない、という事を悟るようになった。そして不思議なことにはその後、私には嘘と真実の境がしだいに不分明なものになってきてしまった。嘘も私が嘘でないと信じれば、真実なものとなってしまうからである。反対に真実を嘘だと思えば、嘘になってしまう。私が真偽、善悪の識別感をうしなってしまったのは、少年時代のこうした習癖からだった。

人は私の犯した罪の極悪さから判断して、私を一種の精神病者、ないし天成の異質者とみなすかもしれぬが、私自身にはすこしもそうした自覚はない。私は私の少年時代をかえりみて、私の意志薄弱さは云わでものことだが、私を育てゝきた環境の不潔さと、運命の不幸をより強く感じないではいられない。私に父母があったら、そして私がもっと健全な環境に住んでいたら――そういう悔と悲に、私は胸をひきさかれている。

小学校の四年、五年とすゝむにつれて、私の盗癖は膏肓《こうこう》にいってきた。はじめはいく子を悦ばせたさに、金をとって雛人形など買ったりしたが、いく子が私を顧みないことがわかると、今度私自身《(ママ)》のために物を盗り、後には盗することがあたりまえに、面白くさえなってきた。つまり嘘に平気になれたように、盗も私には悪事とは考えられない。悪事と考えたり感じたりするのは他人の事で、私にとっては猿がほしい物を手にとると変らぬ、無意識の行動となった。これまた心を左様に、訓練した結果だったかもしれぬ。

誰でもそうかもしれぬが、私は六つ七つの頃から、高い所に登るのが好きだった。屋根にのぼり樹にのぼり、祖父母をはらはらさせた。わたしの家は街並にあった。隣家との間は左右とも、僅しか離れていない。屋根伝いにあるこうと思えば、一町内をまわることができる。

私は身軽で、すばしこかった。町内の人々の眼を忍んで、鼠のように音をたてず家々の屋根をわたり歩き、物蔭からよその家の二階座敷の様子をうかがったりするのは、たまらぬ魅力でありスリルでもあった。

私は四年生の五月非常な苦心をして、西洋館建になっている、町の大きな文具屋の三階によじのぼった。そこは商品の物置になっていた。私は窓から忍びこんで、かねがねほしがっていた万年筆や、服のカラア、その他の文房具を手当り次第にぬすみとった。太平洋戦争も三年目に入り、物資が欠乏してきた頃なので、これ等の獲物は私をひどく悦ばせた。

文房具屋の隣は、本屋だった。私はその二階に入って、好きな大衆小説の本を数冊とってきた。それから二階の屋根に匍いのぼって、廂上《ひさしうえ》の陽だまりに隠れ、壁によりかゝってその一冊を悠々と読みだした時には、幸福感が胸いっぱいにあふれてきて、この世に恐しいと思うものは何もなく、天下の第一人者になったような気がした。

文房具屋も書籍商も、私の家から二、三町離れていた。私は本がほしさに、度々危険を冒して本屋の二階に忍びこんだ。そしてついに、そこの主人に摑まえられた。主人は部数のきまった本のなくなるのに不審をおこし、網をはって私の入りこむのを待っていたのである。

私は本屋の主人にひどく叱られ、頸根《くび》ッこを押えられて、私の実家へひきずって来られた。祖父は留守で祖母が一人店番をしていたが、本屋の主人にひらあやまりにあやまって、私がこれまで盗んだ本の代価をはらい、ようやく私をゆるしてもらった。

勝気な祖母は、その後目だって私をうとんじるようになった。しかし、祖父母にたいしヒネくれていた私は、それを少しも苦に思わず、かえって祖母に反抗した。六十歳をすぎた祖母は、口でも体力でももはや私に敵《かな》わなかった。祖母は気を苛立てすぎて、身体をわるくした。

「私はこのぬすっとに、殺されてしまう」

祖母は憎々しく告げ口して、私のことを祖父にうったえた。好人物の祖父は、だまって溜息ばかりついていた。私の盗癖は、その後もやまなかった。

昭和十八年の冬、私が国民学校の六年生の時、父が満洲からとつぜん郷里へかえってきた。じつに十余年ぶりの帰宅である。

それほど長く住みなれた土地から、父がどうして生活の不自由な内地へ帰る気になったのか、子供の私にはわかりようがなかった。人々はむしろ、食糧物資のゆたかな外地へゆくことを、望んでいたくらいだった。おそらく父の帰国には、何かよぎない事情があったに違いない。

しかし老いた祖父母は、思いがけない父の帰りを、涙をながして喜び迎えた。物資の統制や食糧の配給は、長い人生を生きてきた老人達にとっては、初めての経験だった。なにもかも不足だらけ不自由がちの生活は、昔気質の祖父母等にはやりきれなかった。

「これから先、日本はどうなるのだろう」

病身の祖母は、毎日そんな愚痴ばかりこぼしていた。

「こんな世の中が、長くつゞくくらいなら、一日もはやく死んでしまいたいものだ」

老婆の絶望は、少年の私にも影響した。大衆小説など読んで、空想ばかりさかんだった私は、祖母と同様心のどっかで、悪い世の中を呪っていた。経験がないだけに、こういうなかば無意識にちかい呪いは、一層危険だった。私の盗癖は私の生れつきだったとしても、悪い世の中の影響が皆無だったとは云えない。物がなくなれば、人はそれを盗りたくなる。気弱くなっていた祖母は、父の顔をみると生きかえったように元気になった。父を憎んでいたことを忘れたばかりか、昔父につらくあたったことを詫びさえした。そして私にまで優しくなった。

私はまた、初めてみる父というものが、珍しくてならなかった。世の中にたいして、急に肩身がひろくなったような気がした。友達にむかっても、ひけ目を感じなくなった。私は父に見せたいばかりに、今まで手にしたこともない学校の教科書を机の上にひろげて、毎晩勉強する風をよそおった。

しかし、父のつめたい気質は、依然として変らなかった。赤ン坊の時見すてた子供が、大きな少年になっている私の姿をみても、べつ段感動した様子はなく、珍しがりさえしなかった。ほとんど他人の子みたいに、関心をはらわない。私はこういう父の態度に、親みにくいものを感じた。

父はまだ四十代である筈なのに、頭髪がうすく頭が禿か丶っていた。顔色は青白いというより蒼黒く、両眼に凄味があった。父は無口で、笑うということがない。毎日黙って、莨《たばこ》ばかりふかしていた。

父は品物を沢山もって帰らなかった。かわりに金や貴金属は、かなりふんだんに持っていたらしかった。父は祖父母の厄介にならずに、自分の生活費は自分の懐からだした。父は闇の高い酒を買って飲みさえした。

私はその頃、中学へあげてもらうことを、祖父母にねだっていた。勉強したいからではなく、私の虚栄心のためである。私は同級生の誰彼が中学へ行くのに、自分の取残されるのが堪えられなかった。

私は祖父母がさゝやかな雑貨屋を営んでいるにもかゝわらず、長い間つゝましやかな生活をおくることによって、相当小金をためていることを、暗黙のうちに心得ていた。私は祖父母の跡継ぎにされているのを幸い、もし中学へやらなければ不良になって、この家をつぶしてやると祖父母を威していた。

祖母がある日、私の希望を父に話した。父は案外わけなく、私の望をゆるしてくれた。私の学費を、父がだそうというのである。父が外見ほど、私に冷淡でないことを知って、私は勇みたった。

私は中学の受験準備にとりかゝった。私は幼時から乱読してきたお蔭で、国語、歴史、作文などの成績は、人に負けなかった。その他の暗記物もわるくはない。苦手は数学だった。

私はなにか将来への希望にあこがれ、私としてはめずらしく真面目に勉強した。私はもはや大衆小説を読まず、映画もみなければ女の子にも戯れなかった。もっとも附近の芸妓屋は、自粛的に休業させられていたので、家へ遊びにくる女の子もいなかった。私が自分の短い生涯をふりかえってみて、もっとも真面目でありかつ幸福だと思ったのは、じつにこの時期だった。

翌年の春、私が首尾よく中学へ入れたのと前後して、父は神奈川県の保土ヶ谷へ行くことになった。満洲時代の父の友人が、軍需景気でさかんなその土地へ、父をよんだのである。父は郷里にいても、何もすることがなかった。保土ヶ谷へゆけば会社工場の物資あつめをしても、充分生活ができるという話だった。

祖父母と半年ちかく同居している間に、父はやはり祖父母から独立して生活してゆくべき人間であることが、双方に了解されるようになった。独身で無為にくらしている父の陰気な存在は、祖父母の気持の負担になった。満洲を放浪してきた父は、田舎町のさゝやかな雑貨屋の主人として、おさまっていられるような人柄ではなかった。

祖父母は父の出発を、むしろ喜んで見送った。しかし私にとり父との別離は、なにか大きな力が自分の体内から飛去ってゆくような感じだった。冷淡な親みにくい人でも、父は父である。父は私のはっきりした希望でも喜びでもなかったが、それに似た或る感情を私の心にうえつけた。それがまだしっかり根をはらない間に、父は私の側から離れさった。私はいつともなくまた、生活のはりを失ってしまった。

私は中学で初めて習う英語や漢文に、容易になれることができなかった。数学にも困った。小学校時代のように、胡麻化してすごすわけにはゆかなかった。私が怠けていれば、それだけ学科の進行におくれてしまう。一度おくれると、その取返しがつきにくい。しまいには何が何やら、五里霧中になってくる。そうなると学科が面白いどころか、自分の心を重く圧しつけてくる恐怖の的だ。

私の一学期の成績はひどく不良だった。私は学校に絶望して、しだいに通学をサボるようになった。頭が痛いとか熱があるとか云って学校を休み、ふたゝび大衆小説に親しみだした。それからさらに菊池寛や長谷川二葉亭の物などへすゝみ、翻訳のモンテ・クリスト、椿姫、サフォ等、なんでも手当りしだいに読みちらして、自分一人の空想にふけった。

祖母は父の出発後、また身体が悪くなった。どこがはっきり悪いというわけではなく、一種の老衰であろう。一日の半分は寝床に横になって、ぶらぶらしていた。祖父は毎日鋤鍬《すきくわ》をかついで町裏の畑へ野菜づくりに出かける。商いの品物がなくなって、商売は休業も同様だった。

私は祖母とよく喧嘩をした。祖母は学校へゆかずに、配給物をたらふく喰べて、のらくらしている私を憎んでいた。私もまたそうした祖母の気持に反発して、わざと不貞腐れてみせる。

私は祖母のいうことはきかないし、祖母の吩咐《いいつけ》や頼みにも応じない。一度祖母は癇癪をおこして、私に鋏《はさみ》を投げつけた。鋏は私の腕に刺さった。私は、祖母の寝ている部屋へとびこんで行って、祖母の腰を足蹴にした。そのため祖母は、二、三日動けなかった。

私は怒に逆上すると、凶暴になる。私は父の怒ったのを、見たことがない。しかし父のそばにいると、時にひやっとするような不気味な恐しさを感じることがある。暗い穴をのぞいているみたいだ。父は満洲を放浪している間、どんな生き方をしてきたのであろう。私の体内にもこういう不気味な父の血が、まだ目ざめずに流れているのであろうか。

私はよそへ下宿させられた。祖母は私と一緒にいると癇を昂ぶらさせて、身体がまいってしまう理由からである。学費は父からおくってくるので、私を下宿させても祖父母の負担にはならない。配給物がだんだん減ってゆく折柄、かえってそのほうがいゝのだ。喰べざかりの私は配給食で足りずに、祖父母のぶんまで喰べた。それでも足りないので、買喰や盗み喰をした。

私の下宿させられた家は、もと書籍商だった。主人が工場へ徴用されたので店をしめ、二階に私を下宿させたのである。二階の隣室には売残りの書籍雑誌の類が、沢山積んであった。書物好きの私にしてみれば、まるで宝の庫へ入れられたようなものである。

私は学校を休んで好きな本をむさぼり読み、通学の時には鞄の中に教科書よりもそれ等の本や雑誌を、いっぱい詰込んでいった。そして読みおわったものから、古本屋に売払って買喰をした。後には値のい、本を盗んで売り、買喰と映画の代にあてた。

下宿の主人は几帳面な男だった。町内に新設された軍需工場へ通っていたが、工場の仕事にはいっこう興味をもたず、時々二階へあがってきて好きな書籍の整理をした。彼は後に高くなるような戦前の書物を、売らずに残しておいた。

主人は私の盗を発見すると、私を祖父母の所へ追いかえした上、私の罪を学校へ通告した。そういう気質の男だった。私は危うく、退校処分にあうところだった。私の空涙と祖父の陳謝が、処分から私を救った。私は転校の形式で学校をやめ、祖父によって、保土ヶ谷の父の所へ送りとどけられた。

父は結婚して、保土ヶ谷に世帯をもっていた。父の景気はわるくはなさそうだったが、父は私の罪を怒って私を工員にしようとした。新しい母が父と私の間をとりなして、私を横浜のミッション・スクールに転校させた。もっともその頃、ミッション・スクールの祈祷や礼拝や聖書の講演は禁止されていたが。

初めて会った私の新しい母は、三十前後で初婚だった。父とは十幾つ齢が違う。横浜うまれで気のやさしい人である。母は私の不良な性質を、ふかく見ぬく力がなかった。ミッションに入れれば、矯正できるぐらいに考えていたらしかった。母は私が父の前でこぼした空涙に、瞞されていた。

私はいつ、何処ででも、自由に空涙をこぼすことができた。べつに修練をつんだわけではない。罪の自覚がなかったから、感情が冷静で必要に応じ、どんな芝居も巧に演じることができる。私は新しい母の前では、ことに殊勝らしく態度をよそおった。

しかし私は父の所に、四月といたゝまれなかった。早生れの私は声がわりして、そろそろ若者になりかけていた。春になる前の気象のうつりかわりにも似た、感情のはげしい嵐にもまれて、自分の中心がとれず安定が保てなかった。

「あ、、こんな事をしてはいけない。こんな事をすれば、身の破滅となる」

そう予覚し警戒していながら、次の瞬間にはもう破滅の中に身を溺らせている。自分の力で自分を制することができず、波に漂う小舟のようにその場その場の感情や気持に支配されて精神が散漫になり、少しもじっくりと落着くことができない。こういう統一のとれない自己分裂を、私は涙がでるほど悲しくなることがあったが、私自身の努力ではいかんともしがたかった。

少年期から若者にかわる際のこうした感情の激動は、私一人の現象だったのであろうか。快活であるかと思えば急に沈鬱になり、沈鬱かと思えば今度は狂気じみた亢奮におそわれる。他人の気持と同調することができず、感情の平衡がとれない。絶望、希望、自殺、狂気、そんな気持がめまぐるしく回転して、我ながら何をしでかすか不安でならなかった。

私は電車で通学中、乗客の物をすりとることをおぼえた。朝晩の電車は横浜をはじめ京浜間の工場地帯に通勤する工員を主に、乗客を満載して身動きがとれなかった。そのような混雑の中で、人の物をするとり品物を掻っ払うことなどは何でもなかった。しかし通勤の工員等は弁当ぐらいがおもで、ろくな物はもっていない。

私は父の家から、金や品物を盗みだしはじめた。父は新世帯にもか丶わらず、箪笥、長火鉢、鏡台などの家財道具を、一通りとりそろえていた。闇でなければ当時そのような品物の手に入る筈はないから、父はよほど金まわりがよかったのであろう。晩酌もかゝさなかった。父は工場の物資課に勤めていた。

私は母の針箱や鏡台のひきだしにしまわれてある箪笥の鍵をみつけだして、箪笥の小引出から金を盗んだ。戦争末期の瀕死状態にあった横浜は、私が生れそだった西国の田舎町からみれば、やはり大都会だった。無いといってもまだ、いろいろな品物や観物がある。私は腹のひもじさをみたすためにも、金がほしかった。

新しい母は私の盗に気づいたが、最初の一、二度は見のがしてくれた。三度目に父に告げ口した。私は父からひどく、叱りとばされた。私は腹立のあまり、家を飛びだしたが、夜中になって帰ってきた。母が寝ずに待っていてくれて、戸をあけ私を家の中に入れてくれた。

このような事が、二三度あった。父はまったく私に口を利かなくなり、明に私を憎みはじめていた。母ももはや、私をかばってくれようとはしない。私によそよそしくなり、私を警戒している。私はだんだんヤケになってきた。そのうえ、故郷をはなれて初めて未知の土地へ出てきた私は、何処へ行っても見知らぬ人々ばかりなのを幸いにして、大胆に図太くかまえるようにもなっていた。

簞笥の鍵をかくされた私は、場末の古道具屋から合鍵をさがしだしてきて簞笥をあけた。鍵を肌身はなさず持っていた母は不思議がって、私の行動をそれとなく見張っていたらしかった。私が夜中に起きあがって、合鍵で簞笥をあけようとしていると、母が寝室に電気をつけた。私は便所へゆく途中、寝ぼけて座敷へ迷いこんだ風をよそおって、その場を胡麻化した。

翌日、私が学校から帰宅してみると、私が隠しておいた筈の簞笥の合鍵が、私の机の上においてある。私はぎくりとした。母は夜中の私の所業に感づいて、私の持物を調べたらしい。そして合鍵をみつけだして、これみよがしにわざと机の上に置いたものに違いない。私はこれでもう、父の家もだめだと思った。それで母が配給物をとりにいった隙を窺い、合鍵で簞笥の小引出をあけ、あり金全部を盗みだして、私の僅な持物を携え、家をとびだした。

私はまっすぐ東京へ行った。東京はかねてから、私の憧れの都だった。私は保土ヶ谷にいながら、まだ東京を知らなかった。私は銀座へゆき、上野へゆき、浅草へ行った。それ等の土地はまだ何処も爆撃されていなかった。

おおかたの家は戸を閉ざしている商店街を、満員電車がはしり、国民服をきた人々が巷にあふれ、黙々として道を歩いているけれども、街や人々の姿に生色がない。無人の都のような、灰色のさむざむとした風景である。しかし流石に大都会の大きなたゝずまいは、田舎者の私を威圧した。

私は金があるまゝに、店をひらいている喫茶店や食堂なら何処へでも入りこんで、味のない飲物やへんな喰べ物を、やたらと腹へつめこんだ。そして浅草六区の映画館に入り時をすごした。

映画がはねると、また夜店の物をつめこんで、附近の宿屋に泊った。私は寂しくも心細くもなかった。父の家を出て、私の自由をとりもどしたような気がした。

私は父に反感をいだいていた。父が満洲から帰ってきた当時、父は私の悦びであり心のさゝえだった。保土ヶ谷へきて、その幻影はくずれた。結婚した父にとっては、私は余計者だった。父は若い妻に満足し、金にめぐまれた現在の生活に、幸福をかんじているらしい。私だけが父の幸福を、邪魔している。

父が独身だった時には、父が私に冷淡であっても、さほど気にかゝらなかった。しかし、今はそうではない。私は私を疎外して、自分一人悦にいっているような父が、面白くなかった。私は父に叱られると、ひねくれた。新しい母のやさしい心づかいや遠慮も、ひねくれた私には無効だった。私は工場から帰ってきた父が、母と共に私の盗や家出におどろき憤慨している様子を想像して、ひとりほくそ笑んだ。

その夜、警察の臨検があった。私の家出がばれて、私は署に留置された。おそらく宿の者が私の様子をあやしみ、警察へ密告したものに相違ない。嘘を云いなれた私も、とっさの事で警官の尋問を胡麻化せなかった。

あくる日、警察から呼出されて、父が私をひきとりにやってきた。父は警官の前ではひたすら恐縮して、自分の監督不行届をわびていたが、私をつれて一歩署の外へでると、掌をかえしたようにつめたくなった。

父と私は隅田川のほとりに出た。河畔のベンチに腰をおろして、父はだまって川の流をみていた。二月だったが風がないのでそれほど寒くはなく、対岸には青くうす靄がたちこめていた。

父は胸に紫の紐のついた純毛の国民服をきて、戦闘帽をかぶり革靴をはいていた。物資不足の折柄、それ等はいずれも父の自慢の品物だった。私は学帽に国防色の木綿の制服をきて、破れ靴をはいていた。私は表情をかたくして、父の側にうなだれていた。私の心はその時、トゲだらけだった。私は自分の悪事について身を護ろうとする時、いつもそんな心構えでいる。

父は私の顔を、一度も見ずに云った。

「もうお前は俺の子ではなく、俺はお前の親でもない。お前には、何を云ってきかせても無駄だ。何処へでも、お前の好きな所へゆくがよい。死ぬるも生きるも、お前の勝手だ。二度と俺の所へ、帰ってくるな」

私の盗んだ金の使い残りは、警察でとりあげられて父の手にかえされていた。父は私の蟇口に数枚の紙幣を残して、ぷいとベンチをたつとそのまゝ振りかえらずに立去った。

私は顔をあげなかった。一人ベンチに取残されながら、父の最後の言葉を心に反芻していた。そしてニヤリと笑った。反抗の笑ではあったが、その笑はつめたく私の唇に凍りついた。私は心ぼそく、奈落につきおとされた感じだった。

私は東京駅から汽車にのって、四ヶ月ぶりに西国の祖父母のもとに舞いもどった。

私は父や継母に虐待されて、保土ヶ谷をにげだしてきたように、祖父母の前で空涙をこぼした。私が家にいなくなってから、いくらか寂しさを感じていたらしい祖父母は、たやすく私の嘘を信じて私の帰宅をゆるしてくれた。

祖父は父に手紙をだして私の帰郷を報らせ、私の移動証明書をとりよせた。父はすぐ証明書をおくってよこしたが、私については何も云ってよこさなかった。もはや私を自分の子供と、考えなかったのであろうし、またすっかり厄介払した気持で、ことさら私の罪をつげる心にもなれなかったものらしい。

私は郷里へ帰ってきても、ふたゝび学校へ通う気はなかった。学校にあきていたばかりでなく、学校へ出たところで勤労奉仕にこき使われるにすぎなかった。といっていつまでも祖父母の家に、ごろごろしているわけにもゆかなかった。配給の食糧はいよいよ少くなり、私は空腹にたえない。また祖母との争が、はじまりそうでもある。祖母は相かわらず病身で寝たり起きたりしていた。

私は祖父の知人によばれて、九州へ行った。知人は小さな工場を経営していて、軍需工場の下請負をやり飛行機の部分品をこしらえていた。祖父は私のことを知人に頼んでやったのであろうが、私は労働を好まなかったし仕事もつまらなかった。私は給料をもらえることや、食事が充分とれそうなことにつられて其処へやってきた。土地や生活の変ることにも、心を惹かれていた。

私は祖父母のところにいる間に、朝寝夜ふかしの癖がついていた。もともと強制されることの大嫌いな質であるうえに、はたらく事に興味がない。私は労働をなまけて、ちょいちょい主人の金を盗み、買喰や映画みに費消した。

サイパン島が昨年の六月におちて、アメリカの飛行機が本土を空襲するようになってきた。九州の海軍工廠で新設計の飛行機の大量生産をはじめようとしている時に、敵機に襲われて工廠は微塵になった。それで、主人の工場も、仕事がだめになった。

私は主人の紹介で、某重工業会社の工員になった。私は工員の寮で仲間と雑居生活をしている間に、仲間の金品をぬすんで見つけられ、彼等から袋叩にされた。私は寮にいたゝまれず、会社の金を盗って逃亡した。

私はそれから東へ行き西へ行った。何処でも工員が不足していて、私は働く場所に事欠かなかった。私は色白の生れつきで、一見やさしい顔をしている。初めて私に会った者は、誰も私がおそろしい不良性をおび、盗みの常習犯だなどと気づく者はない。私がしおらしい様子をして、口から出まかせの嘘をつけば、移動証明がなくても人は私を信用して使ってくれた。

私はまじめに働く気持は、少しもなかった。私が工場や会社へ入るのは、たゞ食事ができるためと金品をかすめるためである。そのうち私は浮浪児となり、専門の盗賊となった。

軍需会社や工場の証明がなければ、汽車に乗れない時代だったが、私は駅員や車掌の眼をかすめ、いつでも汽車にたゞ乗りして、何処へでも自分の好きな所へ行くことができた。子供の頃街の家並を屋根から屋根へ、走りまわった敏捷さをもってすれば、汽車のたゞ乗りなど私にとっては自由自在といってもよかった。

またまっ暗な灯火管制は、窃盗には絶好の機会だった。自転車の掻っ払い、駅待合室における荷物のもちにげ等、何でも容易にできた。空襲のどさくさ時にいたっては、他人の家にいりこみ金品を盗みだすことなど、道路で物をひろうよりもたやすかった。

私は盗んだ品物を自転車につみ、農村にもって行って食糧にかえてくることをおぼえた。その食糧品をさらに町へもってくれば、何処の家でも喜んで高値で買ってくれる。私はそれ等の家々の様子を、それとなく見ておいて夜分盗みにはいった。

私は金はもう、さしてほしくはなかった。金をもっていても買える品物が少なくなり、物々交換の時になっていた。私は盗みに入ると、まず食物をねらった。昼間売りこんだ食糧が、調理されて台所に貯蔵されているのを発見した時など、愉快さに思わず笑いだしたくなった。

私は次にほしいと思う品物を物色した。私は万年筆をもち腕時計をはめていた。シャツもズボンも服も帽子も靴も、汚れたり破れたりしているものを身につけてはいなかった。私は純毛のスウェタアや襟巻、なめし革のジャンパアさえ持っていた。そのため私は人に怪まれなかった。

私は窃盗になれてくると、しだいに大胆になってきた。忍び入った家が無人だとみると、火を焚いて飯を喰べさえした。酒があれば酒を飲んだ。食糧不足で喰い意地のはっていた私は、何でも口に入れた。そして「泥棒御用心」などと、ふざけた楽書を残してきた。

私は工員や社員でまわった、馴染の土地でしか、仕事をしなかった。地理不案内の土地は、仕事に不便であり不安でもあった。また妙なことには、汽車で各地を乗りまわっていても、降りたくなる土地と降りたくない土地があった。仕事の上からいえば、村よりも町、町よりも都市のほうがいゝ。

同じ場所に、永くいることは危険だった。私は物にひかれるように、だんだん故里の県内へ帰ってきた。故郷へ近づいてくると、空気、水の色まで違ってくるような気がする。人々の姿にも親みが感じられる。泥棒は知った土地の知った家へ入りやすいように、私もまた故郷の県を盗みの縄張とするようになった。これは私がまだ、少年の故であろうか。

ふるさとの県内へ帰ってきた私は、最初に私の従兄弟の家を訪ねて行った。従兄弟の慎太郎は、祖父母の長女の子供である。結婚して県内一の都市に世帯をもっていた。慎太郎は私の町の商業学校をでた。兄弟のない私は、その頃彼を兄さんと呼びなれていた。年齢は私より、十余年上である。

慎太郎は軍需品の会社に勤めていて、景気がよかった。闇商売にかけても、抜目がないという噂である。才ばしった押の強い男であるから、こういう時節には儲けるだけもうけようという下心なのであろう。

そういう従兄弟の所へ、私は私なりの見栄をもって訪ねて行った。つまり故郷の中学を放逐された私でもこれぐらいの身なりはしているというところを見せに行った。泥棒をしていながら変な云いかただが、みな戦争で困っている時に一人い、事をしている人間をみると、私は癪にさわった。身内の者にたいする、一種の嫉妬もあった。

従兄弟夫婦は留守だった。慎太郎は勤めに行っているのであろうが、妻君はどこか近所へ遊びにでも出かけたらしい。戸締まりはしていなかった。私はかまわず留守宅へあがりこんだ。

私は習慣になっているみたいに、まず台所へ行って食物をさがした。鼠入らずをひらいてみると、白い餅が皿に盛られてあった。意外な御馳走である。私は火をおこしてその餅を焼き、醤油をつけてみんな平げた。麦酒が一本あった。それも飲んだ。

それから家内をまわってみた。五間《ま》ばかりの家だが、いろいろの品物が豊にそろっている。茶の間に電蓄が据えてある。晩食の時ビールを飲みながら、ニュースを聞いたりレコードをかけたりするのであろう。

私は流行歌のレコードを、電蓄にかけて聞いた。それでも妻君は帰ってこない。箪笥をあけると、新しいシャツや靴下やタオルの類が、沢山しまわれてある。闇売の品物なのであろう。当時としては、えがたい貴重品だった。押入には革鞄や地下足袋、石鹸があった。私は手ごろなボストンバッグに、それ等の品物をいっぱい詰込んだ。それから、

「留守ヲスルト、空巣ニネラワレル」

と紙に書き茶の間の卓上において、膨らんだボストンバッグを提げながら、悠々と従兄弟の家を出てきた。

私は旅館に泊る時にはいつも、二度目に勤めた九州某重工業会社の身分証明書をしめし、あたかもその社員であるかのようにふるまった。私は浅草で警察の臨検を経験して以来、とくに宿の者にあやしまれないようつとめた。

しかし田舎では私の一人泊りを、それほど怪しみもしなかった。かえって私の若さを憐

れみ、私のさしだす米袋を、

「次の宿で困るさかい、い丶からそのま丶お持ちなされ」

そう云って受取らぬ所さえあった。私も旅馴れてくると、旅館の好意につけこみ、飲み喰いしたうえ、宿賃をふみたおして逃亡した。行きがけの駄賃に、金品をとったこともある。人の好意を仇でかえすということがあるが、隙さえあればその虚につけこむのが私の習性となった。


季節は春であった。三月に硫黄島が陥ち、四月にはアメリカ軍が沖縄に上陸してきた。空襲はひきつゞき、本土内にたえ間なく行われている。

何処の都市や町々でも、荷物を満載した荷車、牛車、三輪車、手車、乳母車までですらが、ゆきき の人もない無人の街路を、黙々とうごき続いている。おそらく近在の村々や山間などに、それ等を疎開させようとしているのであろう。

馬車や自動車は、軍や官庁に徴発されて、民間には一台もなかった。軍服の兵隊さんが馬の轡《くつわ》をとり、木材を運搬している。高級軍人や官吏等は徴発の自動車を利用して、家財を遠くへ運んでゆく。敗戦末期の形相だ。人々の顔はやせて蒼白く、春の季節を忘れたような陰鬱な風景である。

しかし私は、日本の敗戦などには、いっこう頓着しなかった。私は自分のことだけしか考えなかった。日本が勝とうが負けようが、私のしったことではない。私がもの心つく頃からの戦争つづきで、私は戦争に飽いていた。はやくどちらかへでも片がつき、物の豊だった昔の時代がかえってくればよいと願っていた。

私は金や米のある間は、戦争にも時勢にも無関心に、その土地々々の宿屋にごろついていた。宿屋にいられなくなると、盗みにはいった。何処の家でも目ぼしい品物は、防空壕に入れたり土中に埋めたりしていた。夜は戸締りをせずに眠り、いつでも空襲から避難できるように仕度している。敵が眉目の近さにせまってきたので、人心が落ちつかなかった。

夜盗に入るには都合がよかったが、盗む金も品物もない。食糧は各自に携帯して、側をはなさなかった。しかし、中には呑気な家々もあった。まだ日本の勝利を信じて、荷物を片づけようともしない人達である。私はそういう家を目ざして盗みに這入った。

或る夜私は、女二人の留守宅へ忍びこんだ。台所へもぐりこんで懐中電灯で照してみたが、食物は僅な野菜類のほかは何もなかった。台所内がきちんと整頓されているので、一目でわかる。

私は座敷のほうへ行ってみた。床の間に出征軍人の写真が、額縁に入れられて飾られてあった。その上に黒い喪章が結びかけられているところを見ると、こゝの主人は戦死したものであろう。四、五十歳の間と思われる、海軍将校である。軍人らしくない、穏しげな品のいゝ顔立だった。

座敷には何もなかった。箪笥は空っぽである。私は茶の間へ行ってみた。女二人が寄りそって、そこにやすんでいた。私は盗みをかさねてくるにつれ度胸がすわり、見つけられた時には居直る覚悟でいた。まして女二人なら、何も恐れるところはない。

私は懐中電灯をつけて、二人の寝顔を照しだしてみた。二人は母娘だった。母親は四十代にちかい年頃で、娘はまだ十代の少女である。枕もとに避難の際持だす品物がとり揃えられてある。娘は女学校の挺身隊にでも出ているのであろう。白リボンのついた制服の上に、日の丸入りの手拭が折たゝまれてのせられてあった。

娘は私と同じ年頃である。私はその寝顔を覗きこんで思わずハッとなった。反射的に電灯を消して、闇の中につッたちながら高まる胸の動悸を抑えた。私は夜盗に入って、こんなに愕いたことはない。私は黙って茶の間を忍び出ようとしたが、足が動かなかった。

後に心ひかれる未練も強かった。

私はこわごわ懐中電灯をつけて、ふたゝび娘の寝顔を熟視した。まぎれもなかった。長い睫毛、隆い鼻、うけぐちの赤い唇。たゞ色が白く、頬がまるび《（ママ）》をおびて、以前よりずっと美しく、娘らしくなっている。

「いくちゃん、いく子ちゃん」

私は我知らず心の中で、彼女の名を口ばしった。私が小学四年生だった時分の同級生である。私はこの人を喜ばせたいばかりに、始めて盗をした。どうしてこの町へ、来ているのであろう。この町は私の故郷より、十里ほど南へ隔たっていた。いく子の父は医者だった。おそらく軍医として海軍にとられ、どこかで戦死したために、医院をたゝんでこの町へ移ってきたのでもあろうか。

私が茫然としていく子の寝顔に見惚れていると、懐中電灯の直射をあびてまぶしさをかんじたものか、彼女はぱちりと両眼をひらいた。手拭で覆面して突立っている私の姿を認めた瞬間、彼女の瞳孔がひろがって彼女はがばと身をおこした。私はあわてゝ電灯をけして遁げだした。

「大変よ、お母あさん。起きて下さい、起きて下さい」

私は彼女の声を後にしながら、茶の間をとびだそうとしたが、あわて、火鉢に躓いて倒れた。家屋がゆすぶれような大きな音がした。

「泥棒々々、いく子や、はやく金盥をお叩き」

金盥を叩けば警報のかわりになる。母親は茶の間の電灯をひねろうとした。私はそうさせまいとして、母親の身体にぶッつかっていった。母親は仰向けに倒れた。私はその上に馬乗りになって、彼女の頸をしめた。母親は私の両手をにぎり、脚をばたつかせた。

台所からけたゝましい金盥の音とともに、近所隣へむかって助けを呼ぶいく子の金切声が響いてきた。私は茶の間から廊下へとびだし、雨戸を蹴破るようにして戸外へ遁れでた。近隣の家々から、人々が馳せ集ってくる気配がする。私は裏の垣根をこえて闇の中を走った。

私としては大失敗だった。私はいく子の家に、覆面の手拭と懐中電灯を落してきた。後にそれ等が証拠となって、私は彼女の家へ強盗にはいったことになった。私は法廷で母親の頸をしめたことを自認したけれども、殺意はなかったと申立てた。事実母親は死んでいなかったので私の供述は通ったが、あの場合いく子が騒ぎたてなかったら私は母親を殺していたかもしれない。そして私はいく子に対して、何か乱暴をはたらいたに違いなかった。

私はその後いく子の面影が幻にうかぶ毎に、きっとその事を想像した。千載一遇の好機を逸した事を残念に思い、夢魔に憑かれたようになっていた。私はふた、びかの家に忍びいって母親を殺し、家に火をつけいく子を担ぎだすことを、幾度となく空想したが実行はしなかった。

かの母娘は賢い。二度と賊の忍びいる隙を見せないであろう。私はもとめて灯に飛びこむようなものである。そう思って私の焦心を制しながら、次の機会をまつ事にした。私が自分を制しえたのは、この時が最初である。摑まるのが怖かったよりも、私はやはり心にいく子を畏れていたのだ。

まぢかに見たいく子の寝顔は、私の心をとらえて放さない。彼女のとみに、娘らしくなってきた、玲瓏とした美しさは、私を恍惚とさせた。私は盗みを専門にはたらくようになってから、喰い気ばかりにいきばって女性のことを忘れていた。いく子をみてから何物かが、私のうちに燃えあがってきた。

私は今獄中にあって死刑をまつ身でありながら、やはり彼女のことを忘れることができない。や、ともすれば私の脳裏に浮んでくるのは、彼女の白い、ほのぼのと美しい面影である。その大きな瞳で或る時は私をつめたく、或る時は微笑しながら、或る時はあわれみ悲しむように、私の姿をじっと見守っている。私の罪障にたいする懺悔の間にも、彼女の幻は私の心から離れない。死が私の意識を滅するまで、変らないであろう。仏さま、煩悩の子をお憐れみ下さい。

私はいく子の町をのがれて、慎太郎の住む都市へ戻ってきた。私は私に留守を荒らされた、慎太郎のその後の家の様子を知りたかったばかりでなく、彼の闇物資に心ひかれた。彼のもっている襯衣《シャツ》一枚、地下足袋一足でもいゝ値になったし、私の落したタオルもふんだんにあり、懐中電灯も彼ならばおそらく持っているに相違なかった。懐中電灯は私の仕事の必需品である。

勝手を知っている私は、ぞうさなく従兄弟の家に忍びこんだ。その後べつだん、用心をかたくした様子も見えない。慎太郎にとってあれぐらいの被害は、何でもなかったのであろう。

そのうえ彼は留守だった。会社の用で出張していたらしかった。景気がいゝかわり、多忙でもあったわけである。

私は台所でみつけた手拭で、顔の下半分をつゝみ、出刃包丁をもちだすと、妻君の寝間へ行き電灯をひねって、彼女をつゝき起した。妻君は私の姿をみると、がたがた顫えだして口が利けなかった。私はできるだけ声をふとくして、

「飯をだせ」と云った。妻君は無意識に二、三度、うなずいて見せたようだったが、腰がぬけて立てなかった。彼女は寝床のまわりを匍いずりまわって、ようやく着物をきた。私はそういう妻君の腰を蹴とばして、彼女を台所へ追いやった。

食事の仕度ができると、私はふたゝび妻君を寝間へつれこんで、廊下の柱に後手にくゝりつけ口へ布きれを押し込んで猿轡をはめた。妻君はまったく抵抗力を失ってしまったもの、ように、何事も私のなすまゝになっていた。

私は妻君があまりに意気地なく、私の自由になっているのをみると、ふと彼女に悪戯をしてやろうかなというような気持をおこしかけた。しかし恐怖のために血の気をうしない、醜くゆがんでいる彼女の顔や、死骸のようにつめたく硬ばっている、年上の女の分厚い肉体をかんじると、そんな気持はたちまち無くなってしまった。私にはやはり、色気よりも喰い気のほうが先だった。私は茶の間へもどって覆面をはずし、ゆっくりと食事をした。

私が闇物資をしこたまスーツケースに詰めこんで、玄関口から堂々と外へ出てくると、眼の前の暗闇に警官がたっている。あわてゝ身をひるがえし遁げだそうとすると、私の周

囲はいつの間にか、棒などもった警防団員等にとりかこまれていた。
従兄弟の慎太郎は、私に空巣へはいられた後、近所の家と連絡して盗難予防の電鈴をとりつけておいた。賊におそわれた際ひそかにボタンを押せば、報らされたほうではすぐ警察へ電話をかけるなり、町内の警防団員の詰所へ駆けつけるなりするという仕組である。
私の従兄弟はこのように、どこまでも抜目ない男だったが、それにしても彼の妻君が、いつの間にボタンを押したのであろう。私は彼女が台所で食事の仕事《（ママ）》をしている間、刃物をもって彼女の後にたち彼女を見張っていた。その後は柱に括りつけておいたから、ボタンを押すことはできない筈である。

してみると妻君が恐怖に腰をぬかして、寝床のまわりをごそごそ匍いまわっていた時が怪しかった。彼女は恐怖をよそおいながら、枕許の壁か柱にしかけてあった、秘密のボタンを押したものに相違ない。だからすっかり安心して、あのように私のなすがまゝに身をまかせていたわけである。下手に反抗して、怪我などしてはつまらぬからだ。

そう思うと大人の癖にひどく臆病に、間抜けてみえたあの妻君も、どうしてなかなかの代物だった。図太いようでも私はまだ、大人の狡るさと頭のはたらきにはおよばなかった。

私は東京の少年審判所におくられて、懲役五年の刑を申渡された。強盗犯二度、窃盗の数はかぞえきれない。私は未成年ではあるが、感化院などで、矯正される見込のない人間と判定された。私は同行の囚人二人と一緒に、函館刑務所に収容されることになった。二人の囚人はみな大人で、少年は私だけである。

私は犯行地の警察から東京へ護送されてくる途中、横浜近くの保土ヶ谷を通過する時、車窓からかつて私の住んでいた辺を眺めて、父や新しい母の生活を想いやった。私のいなくなった後、父は重荷からとかれて、以前にまさる仕合せな生活を楽しんでいるに違いない。満洲時代のことは知らないが、今が一番父の幸福な時といってよかろう、明日にも空襲があって、父の家庭が破壊されないかぎり……

私は実際それを望んでいた。私は依然として父一人幸福で、私がその分前にあずかれないことが不平の種子であった。私は隅田川のほとりで、私に背をむけ立ち去った父の後姿を、いつまでも忘れなかった。他人でもあんなひやゝかな感じは与えまい。

あの時は二月初めだったから、それからまだ三月と僅しか経っていなかった。過ぎてみればつい昨日のことのようでもあり、またかなり昔の出来事のようにも思われる。あれから私は、完全に私一人になってしまった。

私は私を突放した父の事を思うと、どんな事も平気でやれるような冷酷な気持になれた。父すら私を見放すような世の中なら、すべての人々はみな私の敵だとみなしてもよかった。

もっとも私は、いつもそんな心で悪事を犯したわけでない。その場その場の機会と出来心でやったことにすぎないが、私が悪事にいよいよ図にのってきたことだけはたしかである。私は世に畏れ憚るものを持たなかった。

私の父も祖父母も警察署の通告で、私の逮捕や犯罪を知ったには違いないが、誰も私に手紙をよこしたり面会にきてくれたりはしなかった。私もまたあてにはしなかった。あてにしたとすれば誰かが来て、私を助けてくれることである。しかし若し世の中へ助けだされゝば、私はまたもや悪事をかさねずにはいられないであろう。私みたいな者は、この世に生れてこなければよかったのだ。

護送の警官に附きそわれて、青い獄衣に編笠をかぶり、手錠と腰縄に自由を奪われている私達一行の姿は、いたるところで人眼をひいた。当人等はさほどはずかしく感じていないでも、よそ目にはひどく痛ましげに写るものらしい。

青森行の車中で、私にキャラメルをくれた婦人がある。少年の私の姿が、婦人の同情をひいたのであろう。婦人は護送の警官にはずかしげに断りながら、私に一箱のキャラメルをさしだした。当時は非常な珍品だった。ことにいつも甘い物に飢えている囚人達にとっては、何よりの贈物である。

物分りのよい警官は、私にかわって婦人に礼を云った。囚人に物をやることは禁止されている。婦人は巡査にむかって、こんな言訳を云った。

「私にもこの方ぐらいの子供が、ございますのよ。今、少年航空隊に居りますわ。だものですから差出がましく、ごめんなさいね」

察するところキャラメルは、少年飛行兵から母への贈物であろう。私は編笠の下から顔をあげて、その婦人に媚びるような笑をみせた。そして警官をはじめ同行の囚人達と一緒に、そのキャラメルをしゃぶった。

青函連絡船の出るのは、朝だった。敵の潜水艦が出没して、危険だなどと云われていても、乗客の数は非常に多い。汽車も汽船もいっぱいの人である。いったい何の用があって、こんなに多勢の人々が、到る処さも忙しそうに右往左往しているのであろうと怪しまれるほどだった。

私達囚人一行は人目にふれさせないため、とくに夜のうちに、連絡船の三等室の片隅に送りこまれていた。朝になって先を争いながら船室になだれ落ちてくる群衆の姿を見ると、私達は恵まれているようなものだったが、私達は一分間でもながく外気や外光にさらされていたかった。とりわけ初めて渡る北海の景色を、思うさま眺めやりたくてたまらなかった。

私達囚人は、かわるがわる便所へたった。逃亡の心配のない船中なので、腰縄ははずされていた。自由に一人で便所へゆくことができる。たゞ甲板にでることは許されなかった。汽船の便所は、甲板から船室へ降りる階段の横にあった。通路も階段も便所前の僅かな空所にさえ、乗客が陣どっている。どうして広い気持のいゝ甲板に出ないのだろうかと腹立しく思われたが、甲板は日光の直射で長くはいたゝまれないらしい。六月初めの珍しくよく晴れた日だった。階段の下へくると、人々の頭越しに青空の一部と明るい光が見られた。海風も鼻に匂ってくる。私はしばらく其処に、うっとりしていた。人々の私を見る眼などには、頓着しなかった。

便所の前に三人の子供をかゝえたお神さんが、うずくまっていた。六、七歳の男の子と、四、五歳の女の子と、三つばかりの幼児である。幼児はかなり大きな身体をしながら、まだ母の乳をのんでいた。

母親の齢は四十五、六かと思われた。着物にもんぺをはいている。子供等の服装も、みすぼらしい。顔色がわるかった。ひどく元気のない様子をしている。

炭坑夫や重労働者には食糧の特配があるし、農民は食事に困っていない筈だから、この親子は都会の貧しい罹災者の家族なのでもあろう。三月、五月の東京大空襲に、焼けだされた人々かもしれない。良人《おっと》らしい人は側に見えなかった。

私はなに気なくお神さんの顔をみた時、何処かで会ったことのある人のような気がした。向うでも私の姿がめずらしいのか、悴《やつ》れた蒼白な顔をあげて私の顔をじっと見かえした。するとは私は思いがけずへんな羞ずかしさにおそわれて、便所の中へ姿を隠した。便所から出てきた時、私はわざとその人のほうを見なかった。

しばらくすると、私はなんとなくお神さんのことが気にかゝって、またそわそわと起ちあがった。

「垂井、また便所か」

巡査が私に声をかけた。

「はい。腹がよくないのです」

「下痢だな」

「はい」

私は警官の眼をごまかすために、急いで便所へとびこんだ。出てからまだ腹が痛む風に、下腹を押えながら便所の前にぐずぐずしていた。

私は機会があったら、何かお神さんに話しかけたい気がした。便所の中でも考えたことだが、お神さんとどこで会ったというはっきりした記憶はなかった。話あってみたら、思いだすかもしれないというつもりだったが、お神さんは私をみてもつめたい顔をしている。私が囚人だからであろう。

そのくせ私にはどういうものか、お神さんが無縁の他人だという心がしない。お神さんも子供等も、べつに私の容貌に似たところはなかった。たゞ感じだけで惹かれた。生れながらのものと云ってい丶、或る種の人にたいして抱く特別な親近感である。相手が若い女性ならば、この感じを恋とよんでもい丶であろう。

私は血縁の人々にも、まだこのような感じを味ったことがなかった。父が突然満洲から帰ってきた時にも、私はたゞ我が父として無意識にうけいれたにすぎなかった。こうした云いがたいなつかしさに、心を惹かれはしなかった。今ではむしろ肉親の人々に、私は反撥を感じている。肉親であるが故にいやなのだ。

私は三度、便所にたった。私が差しむける笑顔にたいして、お神さんは顔をそむけながら、ちんと手洟《てばな》をかんだ。そしてその跡を片足の下駄でこすった。それっきりもう、私のほうを見ようともしない。うつむいて幼児に乳房をふくませている顔の額に、ぱさぱさした後れ毛がおいかぶさって、彼女は私と同様、ひどく孤独で不幸な人のように思われた。

私は席へかえると、編笠をかぶって顔を隠した。するとどうしたわけか、熱いものが私の鼻すじを伝って流れ落ちてきた。私は必要な場合、いつでも空涙をこぼすけれども、心から泣いたことはない。意識せずに涙が流れでるなどというのは、稀有のことである。

監視の警官は、私の膝にしたゝり落ちる涙を目ざとく見つけて、

「垂井、どうした。腹が痛むのか」

「はい」

私は涙声で答えた。

「下痢はまだとまらんか」

「止まりました」

囚人の一人が、笑いながら巡査に云った。

「旦那、こいつは内地が恋しくなって、函館へゆくのがつらくなってきたんですよ。五年の刑期は長いですからな。私達だってそうでさァ」

巡査も囚人も、それきり黙ってしまった。船の動揺が大きくなり、汽船が海峡の中心を進んでいることがわかった。

昭和二十二年の秋、私は仮釈放の言渡しをうけて、函館刑務所からだされた。私にとっては全く、思い設けぬ出来事だった。私はまだ刑期の半ばも、終えていなかったからである。おそらく敗戦後の混乱で拘置所に収容しきれないほど犯罪者の数が激増したため、そうした処置がとられたのだったかも知れぬ。

私は一人連絡船に乗って、津軽海峡をわたった。二年前の初夏の頃函館に護送されてゆく船内で、見知らぬ難民の女に母の幻を感じて涙したことが夢のように思いだされた。

戦争が終ったにもかゝわらず三等船室にあふれている乗客の姿は、戦時中とさして変っていないように私の眼に写った。むしろ、一層悪くなったようにさえ思われる。なんとなく落付がなく物事にがつがつしているみたいで、様子が見すぼらしく卑しげである。

前科者である私にとっては、しかしそのほうがかえって気安かった。

青森に上陸して汽車に乗りうつる時、人々の混雑する間をくぐりぬけて、私は素早く座席をとった。戦災浮浪児というのであろう。汚い身なりをした八歳あたりから十二、三歳ぐらいの少年達が、列車の通路にまぎれこんで車掌から追い立てられている。人々の注意がそれへむけられている間に、私は座席の下に置かれてあった籠から林檎を盗みとって喰べ、そしらぬ顔をしていた。

二年あまりの拘置生活から放たれた私は、見る物聞く物がめずらしく何でも欲しくなった。少年の私に刑罰は所詮、なにほどの効き目もあらわさなかったようである。身柄が自由になるとともに、私の心もまた以前の気持にひきもどされていった。

私は保土ヶ谷で電車を降りた。保土ヶ谷の町は戦災で焼失していた。父の家のあった所へ行ってみると、そこも焼け跡になっている。私は北海道へ送られる時、汽車の窓から父の住居のあたりを眺めて、いっそ空襲で焼けてしまえばいゝと無情な父を詛ったが、その呪が実現してみると今度は逆に私のほうが途方にくれないではいられなかった。

壕舎生活をしていた近所の人が、父一家の行方を私に教えてくれた。父は横浜の野毛にある、義母の実家にいるという。私はそこへ尋ねて行った。

義母の実家は二階建の仕舞屋《しもたや》であるが、そこに数家族が同居していた。私の名をいうと義母が二階からかけおりてきた。

「まァ浩さん」

義母は私の姿を見て、おびえたような妙に複雑な表情をした。私はこの義母にいろいろ迷惑をかけたことを考えて、義母の前にうなだれながら黙って立っていた。

義母は下駄を突掛けて、私を外へ連れだした。義母は私の刑務所へおくられたことや、刑期のことも知っている筈であった。そして私が突然姿を現したことを不審がっている様子だったが、さすがにその理由は尋ねなかった。私もあらためて説明はしない。

私が義母の後についてゆくと、義母は私を空地へ連れこんで気の毒そうに云った。

「浩さんのお父うさんは、お亡くなりなすったのよ」

「空襲でですか」

「い丶え、戦争がすんでから、……脳溢血で。気落ちなさったのね」

義母はポトポトと涙を落した。私は靴先で地面をこすりながら、何も云わなかった。悲しい気持も起らない。父のさまざまな姿を脳裡に浮べながら、なんだか遠くへ行ってしまったような感じだった。義母は涙を拭って、

「だから、ねえ浩さん、おじいちゃんやおばあちゃんの所へいらっしゃい、これを旅費にして……」

義母は私の手に、二枚の大型紙幣を握らせた。その時になってはじめて、私の眼に涙がうかんできた。私が右肱を顔にあてて泣いていると、義母がそばへ寄添ってきて私をなぐさめた。

「お可哀想ね。でも勇気をだして、元気で生きていらっしゃい」

私はこの時の義母の励しをすぐ忘れてしまったが、今になって暗夜に光る一点の星のように思いだされる。

私は西国の祖父母の所へ帰って行った。ところが故郷の町も、戦災で廃墟と化していた。バラック住いしている人々に聞くと、祖父母は従兄弟の慎太郎の家に、厄介になっているとのことである。

慎太郎の家は私が二度盗みに入って、捕われたところだ。しかも二度目には慎太郎の妻を縛って、強盗をはたらいている。到底足踏みできない筈であるが、私はあえて其処へ祖父母を尋ねて行った。他にどうすることが出来よう。

十七歳になった私は、罪の意識をもたぬ精神薄弱者である。悪かったとあやまれば、それで済むと考えている。まだ深く、恥ということを知らない。私はその時、風に吹かれる落葉のように孤独だった。私は肉親をたよる以外に生活の拠り所を考えることができなかった。

私は慎太郎夫妻から、恐怖と嫌悪の顔色で迎えられた。しかし、私を刑務所へおくったことを、いくらかうしろ目痛く思っているらしく、二人は私を追出すようなことはしなかった。

祖父母は私の無事の姿を見て、涙をこぼした。彼等は裏手のうす暗い三畳の部屋に、身をすくめるようにして生きていた。祖父の頭髪はまっ白だった。祖母は相かわらず身体が悪いらしく、肩も腰もひねこび痩せおとろえて寝床に横たわっていた。

老衰した祖父母にひきかえ、私は小柄ではあるがとみに若者らしくなってきている。顔色もいきいきしていて、刑余の人のような暗い翳りは何処にもみいだされない。若木のたくましい成長力がどのような傷も、痕跡をのこさず癒やしてしまう。

私は二年余の刑務所生活で、看守等の機嫌をとり人前をつくろうことに馴れていた。私は祖父母の前に、きちんと両膝をそろえて挨拶をした。

「唯今帰りました。これからは心を入替えて、まじめに働きますから、どうぞ御安心下さい」

そういう事を、ぬけぬけと云えるほど厚顔になっている。

「ほんとに浩や、そうしておくれやす。今じゃお前一人が、私達の跡取じゃけん」

祖父母は戦火に焼けだされ、子供である私の父に死なれて、ひどく気弱くなっていた。孫夫婦の世話になっているという肩身のせまさも、大いに手伝ってるらしい。私が帰ってきたことで、慎太郎達の手前しきりと気を使っている。

私はそこで従兄弟夫婦の前に手をつき、あらためて私の罪をわびた。慎太郎は幼馴染でもあるので私をゆるしてくれたようだったが、私のおどかされてはずかしい目にあわされた彼の妻は、そっぽをむいて私の謝罪を白眼視していた。

私は慎太郎に教えられて、その都市の職業安定所へ就職口をさがしに行った。すると静岡のある鉄工所の口を世話された。しかし、そこへ入るには私の移動証明書が必要である。私の籍は先に、保土ヶ谷の父の所に移されていた。父が横浜へ越したので、現住所は義母の実家にあることになっている。そこで私は横浜にふたゝび義母をたずね、市役所へ移動証明の手続をとりに行った。所員に事情をうちあけて話すと、函館へ行って行先地の変更をして貰わなければ駄目だという。私は落胆して、祖父母の所へ帰ってきた。

北海道へ手紙をだして手続を終えるまでには十余日かゝる。食糧不足の折柄、その間従兄弟の家に厄介になっているわけにはゆかない。

私にたいする慎太郎の妻の態度は、ひどくつめたかった。私には一切口をきかず食事の世話をしないばかりか、余憤をもって祖父母につらくあたる。そうでなくても祖父母はこれまで、彼女から出て行けがしに取扱われていた。そういう家庭の空気を察しると、私にしても居たゝまれない。私は刑務所にいるより、もっと辛い思をした。

私は平気で強盗に入る半面、気が弱く見栄がつよい。私は祖父母を安心させるために、東京へ行けばなんとかなるというような事を口実にして、横浜から帰ってきた翌日家を出ることにした。

折角《せっかく》刑務所から解放されてきても、世の中に身の落ちつけ所のない私は、心中に一種絶望した、凶暴な気持が燃えあがってくるのを感じた。私はその夜三畳の狭い室内に、祖父母と枕をならべてやすみながら容易に寝つかれなかった。

かなたの寝室に眠っている従兄弟夫婦の上を思い、老い先短い祖父母の上を考えたりしている間に、しらずしらず昂憤してきて痙攣するような身顫いにおそわれ、思わず、

「あゝ、いっそ……」

そうした呟きを洩すと、側に寝ていた祖父が聞きつけて、

「浩、まだ眠らんのかい」

「あゝ」

私は呻くみたいな返事をした。

「お前、東京へ行ったら、何してやってくつもりや」

「向うでおぼえた手仕事もあるし、闇屋をやったって喰ってゆける」

「もう二度と、恐しい考えおこしたら、いけへんぜ。わし等、明日にも死ぬ身だから、かまやへんけど。若い者は、さきを大事にしなきゃ、あかへん」

虫が知らせたものか、祖父はいつになくそんな訓戒を私にあたえた。私は闇に眼を光らせながら無言でいた。


翌朝祖父は私がまだ眠っていた間に、附近の農業組合員の家へ行って、私のため甘藷一貫目をヤミ買してきてくれた。そして孫夫婦に頭をさげながら、私の弁当を支度させた。

一家食事の時、病気の祖母は寝床から起きだしてこなかった。そして今朝は御飯がたべ

たくないから、彼女の分を浩にやってくれと祖父に伝えてきた。祖父もまた遠慮して、慎太郎がすゝめたにもかゝわらず一杯しか食事をとらない。私が世話になることについて、祖父母はそれほど気がねしていたのである。戦時中より、もっと情ない世相だった。

祖父は甘藷の袋を私に持たせ、駅まで私を送ってきた。雑食ばかり摂っているとみえて、祖父の顔はへんにむくんでいる。あるいは死期が、近づきかけているのかも知れない。人中へ出るとよけいに、その貧しさと醜さが目立った。別れぎわに、祖父が私への訓戒をくりかえした。

「わしゃ婆ちゃんの事考えて、辛抱してくれへんとあかんぞや」

祖父は改札口の外に佇んでこれが生涯の見おさめでもあるかのように、くぼんだ老眼に涙をたたえながらいつまでも私の姿を見送っている。私はぴょこりと頭をさげ汽車に乗込むと、もうたちまち祖父のことなど忘れてしまった。そして前夜よく眠らなかった私は、いつともなく深い睡りに入った。

東京へ近づくにしたがって、列車の中は芋を洗うような混雑ぶりである。窓からどしどし人が乗込んできて、身じろぎもできない。

私の隣の窓ぎわに、十三歳ばかりの少女が腰をおろしていた。私は気がつかなかったが、熱海辺りから乗ったものらしい。金持の家のお嬢さんとみえて、立派な洋服をきている。おそらく一人で、東京の親許へかえってゆくところなのであろう。

客席は三人掛けで、私は少女と復員者らしい三十男との間にはさまれていた。前にも人々が立ちはだかっている。少女は車内の雑踏が鬱陶しいらしく、私に背をむけ窓外ばかり眺めていた。

少女の後の席の隅に、彼女の手提げがおかれてあった。口がなかばひらいていて、中に無造作に突込まれてある札束らしい物が、ちらりと私の眼に写った。私は少女の後へ右手をのばすと、その束をそっととぬきとりズボンの隠しにおしこんだ。

私は横浜へつくと、どっと降りる人波にまじって汽車をおりた。戦時中たゞ乗に馴れていた私は、この時も汽車の切符をごまかしていた。それに盗みをしているので、東京まで行くのが恐しかった。出獄後、二度目の盗みである。

駅外へ出て札束を調べてみると千円ある。私はぼうっとなった。生れて以来、つかんだことのない大金である。私は中華人街に行って、その金を無茶苦茶に使ってしまった。

横浜へ来ていながら、私は義母の所へ顔をださず東京へも行かなかった。私は移動証明をもたずに、静岡へひっかえして鉄工所に行った。鉄工所の支配人は安定所の紹介を信用して、私を工員に採用した。

所内で私にあたえられた仕事は、螺旋の頭にカッタアで割を入れる簡単な作業にすぎない。私は仕事に興味がなく、まじめに働く気もしなかった。私の望はたゞ腹いっぱい物をたべて好きなことをやり、自堕落に遊んでいたいということだけである。

工員の食物はお粗末だった。麦飯に味噌汁、夜はそれに乾物や塩漬けの冷凍魚などがつく。鉄工所の女主人や支配人は、銀飯に刺身など喰べている。私は毎日腹が減ってたまらなかったが、金は使いはたして一文もない。私は夜な夜な台所へ忍びこんで、鼠のように食物をあさった。

私は戦争の始った十二、三歳の時分から、いつもひもじい思をしつゞけている。もし食物が充分私にあてがわれていたなら、私は盗みはしてもしだいに罪の深みにおちいるようなことがなく、したがって恐しい大罪を犯さずにすんだかもしれない。

私の罪は私の生れつきによるのであろうけれど、たしかに時代の環境も悪かった。私は弁解するわけではないが、私もまたこうした意味で、戦争の被害者だったといえないこともあるまい。私ばかりでなく犯罪者の大多数が、おそらくそうではなかろうか。

一夜私は台所で盗喰いしているところを、女主人に見つかりきびしく叱責された。彼女は弟を支配人にして、小さいながら工場を経営しているぐらいであるから、よろず油断がない。

私は鉄工所を放逐されるかも知れないと考え、女主人の憐みをひくために私が受刑者だったことを告白した。罪は掻払い程度のことで、胡麻化しておいた。その正直さが逆効果を奏して、女主人は私に太っ腹なところをしめした。

「今が育ち盛りの若者だもの、ひもじかったら御飯ぐらい、いくらでもお喰べ」

私は彼女の温情がキモに銘じたように見せかけるため、空涙をこぼして幾度も頭をさげた。しかし、翌日になってみると、下女はいつもと同じく小さな茶碗に、三杯の飯しかよそってくれない。つまり女主人と女中と、互に肚をあわせているのだ。移動証明をもたない私は、強いて催促もできなかった。

私は空腹をしのぐため、綿入のチョッキを街へ出て売った。そのチョッキは病気の祖母が、自分のものを脱いで餞別に私にくれたものである。品物を一度金に換えると、以前の癖がまた私にかえってきた。

私は支配人のシャツを盗んで、それを自分の服の下につけ街へ売りにいった。衣類が不足していたので、値よく売れる。それに味をしめ私は食物を狙うかわりに、人目をぬすみチョイチョイ同居人のものに手をつけるようになった。

或る日、私は自分の粗忽から、カッタアで右の無名指をかなりひどく傷つけた。医者へ行って治療をうけ、翌日は工場を休んで、部屋にごろごろしていた。その時人のいない部屋をまわって押入の中から他人の行李をひきだしズボンを盗んだ。

私はそれを支配人の物だと思って、留守を幸い穿いていると、一人の工員が翌朝それに眼をつけて、

「垂井、そのズボンを何処から見つけてきた?」

と私に訊く。私は内心、しまったと思ったが、平気で嘘をついた。

「昨日、街から買ってきたんだ」

「ほんとか。どうも俺のに似てるがな」

彼は半信半疑で、工場へ出ていった。誰もみなはいている茶褐色のズボンなので、しかと見定めがつかなかったのであろう。彼が自室へ帰って、行李の中を調べなかったのは幸いだった。

しかし、おッつけ私の罪はバレるに相違ない。バレれば九州の工業会社で経験したように、私は仲間から袋叩きにあわされ、鉄工所にも居られなくなるであろう。

私は治療へ行くといって工場へゆかずに、かねてから目をつけていた支配人の洋服を盗んでトランクに詰めると、道路に面した屋根の廂の上につきだしておいて、家を出るなりそれを持って一目散に遁げだした。

私は洋服やトランクを売払い、その金をもって又以前のように、鉄道沿線の市町村をさまよい歩いた。隙あらば空巣をねらい、食物にありつこうとしたのである。しかし戦時中とちがって世の中はようやく秩序だち、窃盗も掻払いも容易にできなくなってきた。警察の取締りもきびしい。

私はもはや祖父母や義母の許へ、帰れぬ身の上となった。鉄工所の支配人の訴えで、警察の手がまわっているかも知れないからである。廻っていなくても、祖父母は私をひきとれる境遇ではなく、義母は父が死ねば赤の他人にすぎない。

私は飢えて倒れそうになっていた。私が或る市街から村に通じる街道筋で、枯草の堤に腰をおろし頭をかゝえてぼんやりしていると、腰の曲りかけた老婆が杖をつきながら私の前を通りかゝった。顔色の悪い私の様子を見て病人だと思ったらしく、立止って私に声をかけた。

「兄イさん、どうしんさった？　お腹でも痛みやんすか」

私は顔をあげて、小さな老婆の姿をながめた。丁度私の祖母と、同じくらいの齢頃《としごろ》である。私は老婆にあまえる心で、わざと苦しげに顔をしかめながら黙ってうなずいた。

「ほんなら、わしの家さ来んされ。ツイ其処じゃて」

私は片手で腹を押え、彼女の後に跟《つ》いて行った。腹痛に見せかけるばかりでなく、そうしないと空腹で歩けなかった。

老婆の住居は村の入口に近い、畑の中の一軒家だった。二間ばかりの貧しい小屋である。老婆のほかに、誰も住んでいる気配は見えない。

老婆は柱にかけられた黄色い紙袋から、越中富山の腹薬をとりだして私に飲ませた。私は何もたべないよりはと思ってそれを飲み下すと、畳の上に横になってしばらくじっとしていた。

老婆は寺詣りからでも帰ってきて腹が空いたらしく、戸棚からふかしたさつま芋を取出して喰べながら私にきいた。

「どうや。ちっとは楽になりンしたか」

「はい、お蔭さまでだいぶ、快くなりました」

私は起きなおって、老婆に微笑を見せた。じつは甘藷に心ひかれて、寝て居れなかった。

「腹がよくなったら、これでも喰べてみんされ」

老婆は私のもの欲しげな顔つきをみて、私の前に芋を盛った皿をおしだしてよこした。

「では、遠慮なくいたゞきます」

私は二三本を、夢中でたべた。五、六本目になって、ようやく人心地がついてきた。

「兄イさんは、どっから来ンさった」

「栃木の宇都宮から、やって来ました」

私はでたらめを云った。

「何ぞこっちの方に、用でもござらんしたか」

「焼出された父を尋ねて来たんですが、行方がわからなくて困っているのです」

私は老婆の同情を、ひこうとつとめた。

「まァ、親子はなればなれの目にあいンさったのか、可哀想に――」

老婆はたちあがって仏壇の前にすわると、伏せ鉦《がね》をたゝきながら念仏をとなえだした。

仏壇の中には戦死したらしい、兵隊姿の若者の写真が置かれてある。老婆は念仏をはじめると夢中になって、それぎりもう私の相手にならなかった。

私は森中の神社にひそんで、夜になるを待った。老婆が一人暮ししているのが、私にとっては非常な誘惑だった。なまじいに甘藷を恵まれたのが、私の仇になった。私はその美味さを忘れかね、それ以上の食事を腹いっぱいたべてみたいという、強烈な欲望を抑えることができなくなった。

私は夜分忍びこんで、この老婆をしめ殺した。殺す必要はなかったようなものだが、私は親切をつくしてくれた此の老婆に顔を見られるのが怖かった。安心してゆっくり物をたべたい気持も強かった。

老婆は私にしめ殺される時、一言かすかに「南無阿弥陀仏」とつぶやいたようだった。少しもあばれたり、抵抗したりはしなかった。鶏をしめるよりも容易に、あっけなく死んでしまった。私はその時はほとんど夢中だったが、後になって老婆の細頸を扼殺した掌に、ぶきみな感触がよみがえってきて私を悩ますようになった。

私はかまどで飯をたき味噌汁までつくって、久しぶりに腹がさけるほど喰べた。そして、もうこれで死んでもいゝと思うような満足感を味った。私は残った飯をお握りにすると、仏壇のひきだしを開けて小金を盗みとった。品物には手をつけなかった。もっとも老婆の貧しい一人ぐらしで、ろくな品物もない。

私は夜明けがた小屋をぬけだすと、市街の駅へ行って汽車に乗った。私は故郷へかえってゆくつもりだった。どういうものか、私はひどく祖父母に会いたくなった。一目でいゝ、会って別れを告げたい。――そのような思いにせきたてられた。

私はとりかえしのつかぬ、恐しい事をしたというような後悔には、たいして襲われなかった。たゞ掌にのこる厭な感触が、気になってたまらない。私は乗車中そわそわして、無意識に両手の掌をこすりつゞけていた。私の前に腰をおろしている男が、眼をあけて、私の動作をながめている。私は気がついてハッとした。

私がじっとしていると、男は眼をとじて窓によりかゝり眠っている。私がいつの間にか両手をこすりだすと、彼もまた眼をひらいて私を注意している。私はこの男が気味悪くなってきた。

彼は丸顔で肥っていた。服装はあまり立派ではない。背広に細くねじれたネクタイをしめ、霜降の外套をきている。頭は五分刈で色が黒く両眼はほそい。むッつりとした無愛想な顔つきである。齢は四十ぐらいかも知れぬが老けて見える。

何者であろう。私は彼を、闇物資のブローカアでもやっている男と睨んだ。彼はひそかに私を見ているばかりで、何も私に話しかけてはこない。その冷然とした親しみのない態度が、ふと私に死んだ父の面影を思い浮ばせた。

私は不安になって、席をかえようかと思った。しかし、そんな事をすれば、一層怪しまれる。私は右を見左をみて男の視線をさけたが、心は少しも落つかない。いまにも不意に男から、頸根っこを押えられ、

「みんな知っとるぞ。さァ白状しろ」

そう云って迫られそうな恐怖がある。私はとうとう便所へゆくふりをして、握り飯を網棚に残したまゝ、最寄りの駅へ下車してしまった。私はその町の安宿に一泊した。翌朝の新聞を見ると私の老婆殺しがかなり大きく出ている。

新聞記事によると老婆は、土地で念仏婆さんとよばれ、頼みの孫に戦死された孤独な身の上だった。犯人は不明だが、昼間老婆が一人の旅の少年をつれて、家に入るのを見た者があるから、目下その少年の行方を捜索中と記してある。

私はこれをを読んで、九州か或いは反対の北海道方面へ、高飛びせねばならぬと考えた。その前に是非一度、祖父母に会ってゆきたい。こんど遁げたら、もう二度と会えまいという予感があった。それに旅費の問題もある。私はついでにそれを、慎太郎夫婦から盗んでやろうと計画した。

私は汽車に乗る前、金物屋で一挺の鉈《なた》をもとめた。途中でもし摑まるような事があれば、

それで抵抗して敵わなければ死んでしまうつもりだった。銃の重みや柄の握り工合は、ちょうど私に手頃であり、私の落ちつかぬ不安な心を勇気づけた。

深夜にちかい頃、私は祖父母のいる都市についた。私はそのように時刻をはかって、汽車に乗った。私は慎太郎夫婦と顔をあわせたくなかった。よそながらでも祖父母の顔が見られたら、それでいゝような気がした。

月光の冴えた寒い夜だった。野末をかける木枯のどよめきが、遠い海音のように聞える。駅の構内を切符なしに抜けでた私は、暗い月影をえらんで歩きながら、時折つよい痙攣に見舞われた。あながち、寒さのためばかりではない。瘧《おこり》のようなものがいきなり、胸もとへ突きあげてきて、私の五体をゆすぶるのだ。これまでなかった経験である。私にはその自覚はなくとも、私はやはり気がたち、どっか異常だったに違いない。

私は慎太郎の住居のまわりを、一度注意ぶかく見廻ってみた。この前盗難予防の非常ベルで摑まえられたので、その電線を切ってしまうつもりだったが、戦後装置をはずしたものとみえ電線はなかった。

私は安心して湯殿の戸をこじあけ中へ入った。私は他人の家へ入ると、へんに気が強くなる。私はまたしてもひもじかった。祖父母に会うのも旅費をかせぐのも腹をこしらえてからだと、台所の電灯をひねって食物を探していると、奥の方から、「誰だッ」とどなる声がした。慎太郎の声である。

私は電灯を消して、台所の隅に隠れた。遁げだす心はなかった。奥の間から跫音が近づいてきて、台所の硝子戸をひらいた。手に懐中電灯を持っている。私が飛出してゆくと、慎太郎は電灯をとりおとして尻餅をついた。声ほどにもなく虚勢をはっていたのである。

私は彼の頭と思うあたりに、鉈で一撃を加えた。やわらかい手応えがして、慎太郎がぶきみな叫び声をあげた。私はその声にあおられて、彼にめった打をくれた。慎太郎はスウスウと荒い鼻息をもらしながら、動かなくなった。

奥の間へ行ってみると、闇の中で黒い物がうごめいている。台所のたゞならぬ物音と、良人の断末魔の叫びを聞いて慎太郎の妻がこの前と同様腰がたゝなくなり、無意識に遁げ場をもとめて部屋の中を匐いまわっているのだ。私が彼女の後頭部に鉈をうちおろすと、彼女はつぶれたように腹匐いになった。そして頭や顔に私の鉈をうけてる間、伸ばした両手や両脚を昆虫のようにふるわせていた。

血に狂った私の頭に、祖父母の姿がひらめいた。

「エイやっちまえ。そのほうが好いンだ」

私は出獄後祖父母のみじめな老後の有様をみて、「いっそ」と思いたったことがある。

「こんな風にしてビクビク生きているより、いっそ死んじゃったほうが仕合せじゃないか」

私はその際、慎太郎夫婦も殺してやろうと考えた。近親者を恋い慕いながら、彼等にいだくこうした根深い憎悪は、一体どうしたことなのであろう。愛憎の一種ふしぎな混淆というよりほかあるまい。

私が箪笥のひきだしをあけて金や品物を盗みだそうとしていると、私の背後にふわりと負いかぶさってきたものがある。

「浩!」

たしかに私の耳もとで、そう囁かれたような気がした。恐怖にゾオッとして、私は思わず飛びあがりそうになった。私はふりむきざま、相手を鉈で斬ったか拳しで殴ったか、しかとおぼえてはいない。

私の胸に倒れかゝってくる相手を、私は両手で突きとばした。一枚の襤褸布を押しやったように、手応えが弱かった。私の祖母である。私はかあッと逆上すると、三畳の間にとびこんで行って、蒲団をひっかぶり顫えていた祖父をも惨殺した。

私は血まみれの着衣を従兄弟の洋服に着替えると、金品を盗みとって家に火をつけた。証拠を湮滅して、高飛しようと計ったのである。火は近所の人々に消しとめられ、私は捕えられた。

私を捕えた人は刑事である。私が夢遊病患者のように、ふらふらして汽車に乗ろうとする時、私は彼に呼びとめられた。私は相手の顔をみて悸乎《どきっ》となった。老婆殺しの後汽車中で、私の様子をうす目で見ていた男だったからだ。私は彼に手錠をはめられた瞬間、昏倒してしまった。

未決の独房に入れられてから、すでに二ヶ月余たつ。警察署から刑務所へおくられるまで、私は昂憤のはて死んだように眠りつゞけた。疲労が去って気力を恢復すると、私は別人になっていた。

私は当然死刑を覚悟していた。私はまだ満十八歳の丁年に達してはいなかったが、少年保護法の改正される前だったので、死刑を宣告されても致しかたがない。遁れることのできない運命の前に立たされて、私は一匹の獣と化した。私は人を殺すことは何とも思わず、自分を育て、くれた祖父母まで手にかけていながら、自分が強制的に殺されるという事には我慢がならなかった。

私は自分の凶悪な犯行について、とくに反省もしなければ従って後悔もしない。たゞ刻々と自分の目前にせまってくる、恐しい運命にたいしてばかり心が奪われ、他をかえりみる余裕などはさらになく、ひたすら爪をとぎ牙をならして、日夜この無形の敵と格闘をつゞけた。

はてしない不安と恐怖とが、私の相貌を一変させた。私の少年らしい丸顔はとげとげしく憔《やつ》れ、眼光は暗く獰猛になった。私は社会のあらゆるものに敵意を抱きながら、凶暴な気持で生きていた。

私は何か喰べ物を与えてくれなければ、検事の調べに応じなかった。私は再三当局にたいして、私の裁判のはやからんことを要求した。私を捕えた警察署長が蜜柑や林檎を差入れてくれたけれども、重罪犯人である私の御機嫌とりであるように思われて、感謝の心などは微塵もおきない。

私は苦痛からまぬかれるために、毎日を放縦な空想におくった。第一は拘置所から脱出することである。運動や入浴で外につれだされた時や便器を監房外にだす場合など、あわよくば担当の看守を殺しその制服を着て獄外に逃走する。

娑婆にでたら附近の家に忍び入り、自分が凶悪犯人の垂井であることを知らせおどかして金品をゆする。応じなければ一家を鏖殺《おうさつ》して、家を焼きはらってしまう。

或いは交番の裏口から入って、そこに寝ている巡査を殺し、外にたっている警官の頭上にも、手斧の一撃を見舞ってやる。そしてピストルを奪い官服をきて、悠々と汽車に乗り好きな所へ逸走する。

私の警察にたいする反感は強かった。私は私を捕えた復讐に、警察にダイナマイトを送る。それが破裂して署長以下みな粉々になって吹飛ぶ。私はさらにそれへ、ポムプで石油をそゝぎ、全員黒焼きにしてやる。

絶望と自棄にみたされた私の頭は、殺人、暗殺、暴動、放火、そんな事ばかりを空想し、その光景をまざまざと眼底に描きだすことで、わずかに自分を慰めていた。私は可能ならば、じっさい逃走をやりかねなかった。そして私の空想を、実現したに違いない。

私は正常な心をうしなって、夢魔に憑かれていた。いや私の十八年の生涯そのものが、不幸な夢魔にとりつかれていたものであったのかもしれぬ。

いよいよ私の公判の開かれる前々日、地方の新聞記者が訪ねてきて私の心境を聞いた。

私の老婆殺しと近親殺人ならびに放火事件は、戦後の惨虐事件の中でも未曾有のこと、して、その地方の人心を震駭《しんがい》させた。ことに十七歳の少年の手で行われたということは、一層世間の耳目を聳動《しょうどう》させた。

私は新聞記者にたいして、呪詛の言葉を投げつけた。もし狂人として無罪を言渡されるならば、私は復讐のために片っぱしから人を殺し、町といわず村といわず悉く焼き払ってしまうであろうというようなことを。

その記事が新聞へ出たものか、翌日品のい丶老婆と彼女の息子らしい学生が、私に面会に来た。二人は私へ卵、林檎、チョコレートなどの食物のほかに、一冊の聖書を添えて差入れてくれた。老婆は万人は罪の前に平等であるから、私の心に神の恵と平和の来らんことを祈っていると私に告げた。私は独房へ帰った後、食物はたべたが、聖書はひき裂いて床に叩きつけた。

三月七日の二回目の公判で、予期通り私に死刑の判決が下された。私はその刹那、大声で裁判長をどなりつけた。

「馬鹿野郎、手前なんかに、俺の気持が解るかい。誰にも、人を裁く資格なんかないんだ」

私は最後の言葉を、ひき裂いた聖書から読みとって憶えていた。傍聴人で満員だった法廷は、私の不敵な罵声にどよめいた。私は看守にひっぱられて、すぐ法廷から退かされた。その時裁判長を睨みつけた私の眼は、炎々と焔がもえあがっているみたいに凄かったと、後に看守が笑いながら私に語った。

それが私のこの世にたいする、最後の抵抗だった。私はすぐに控訴を申立てたけれども、もとよりそれによって助かる見込はない。二審の判決の下るまでの間、刑の執行がそれだけ延びる程度ぐらいのところであろう。

死刑を宣告された当時、私は二畳半の独居房内を荒れ狂った。器物を破壊しコンクリートの壁を蹴りつけ、巡回してくる看守にむかって、かあっと歯を剥いた。狂人であり猛獣だった。担当も雑役も私の監房の前を過るときには、みな顔をそむけて通った。

私は心身を消耗しつくすと、こんどは極度に沈鬱になった。蒼ざめ、痩せおとろえ、何事にも無関心になり、何物も視ることを拒絶する重い眼色で、終日終夜暗い死の穴を覗いていた。虚脱した私の心内を、いつもつめたい風が吹いている。

風は外にも吹いていた。私はよく眠れぬ深夜夢うつゝの境に、遠く海鳴りするような木枯の音を聴いた。寒月のつめたく澄んだ光が、影ふかい下界のしゞまを照している。

「浩、浩」

私はしばしば祖母の声に、夢うつゝの境から呼びさまされる。闇の中に血まみれ姿の祖父母が私の前にたっている。

「宥して下さい。私はおじィちゃん、おばァちゃんが、可哀想でならなかったんだ」

「お前のほうが、私達よりよっぽど可哀想な子や。私達の待っている、極楽へ早うお出」

「はい」

私は突然、大声で哭《な》きだした。その声で、私は恐しい夢魔から目醒める。なつかしい祖父母の面影が、余翳をひいていつまでも私の心に残っている。二人の姿がいつか学生をつれて面会にきてくれた、品のいゝ老婆とかわっている。

「どなたも、同じ罪びとです。平和があなたの心に、訪れてきますように――」

「有難うございます」

私はこんどは彼女にむかって、素直に頭をさげた。しかし私の孤独な心はかぎりなく重たい。私の前に初恋のいく子や義母や、私を捕えた刑事の姿が現れてくる。私はこの人によって、はじめて恐怖の正体を知らされた。或いは刑罰というものの恐しさだったかもしれない。

私は彼等が現れてきても、会話をとりかわさない。互の心に通じあうものがないので、何もいう気がしないのだ。私は無言で彼等とむきあっている。そして自分の孤独さを心に噛みしめている。私はたった独りぽっちだという寂寥――

思春期に達した私は、誰よりも美しいいく子の幻に心をひかれたが、同時にまた自分の生涯のはかなさに、胸をかきむしられる思を味った。私はまだ真の幸福に浴したこともなく、美しい女性の愛情をうけたこともないという未練である。独居房に閉じこめられ孤独な時間をおくっている間に、今まで知らなかった人生の尊さが、私にもようやくぼんやりと解りかけてきた。

私が静になったのを見て、教誨師の石井先生が私の房に這入ってきた。彼は真宗のお坊さんである。

「百号、だいぶ落ちついてきたようだな」

私は黙っていた。彼は憔悴した私の姿をじっと視つめて、

「だが、まだ熱ッぽい眼つきをしている。夜眠れんのだろう」

私は頭でうなずいてみせた。

「食事をせぬと身体がもたんように、精神も栄養をとらんと病気がなおらん。少し、本でも読んでみるか」

私はそう云われて、なるほど私の心は病気だったのかと気がついた。私は死の恐しさとそれを待つ苦痛のあまり、それ等から救われるものなら何にでもとり縋りたかった。

「どうぞ、自分にでも解るような物を、お願いいたします」

苦悩がいつの間にか、私の倨傲《きょごう》さをうち砕いてしまった。私は強制された運命の前に、まったく無力で臆病な赤ン坊にすぎないことを悟った。自暴自棄になってあばれてみたところで、絶体絶命のこの運命をどうしようもない。

今となって私がそれから脱れる唯一の方法は、自分の死を恐れなくなることである。しかし、人を殺すことはできても、自分を殺すことは不可能だった。何等かの支えなり何者かの力をかりるのでなければ、私はとうてい一人で死の関門をくゞってゆきうる勇気がなかった。

教誨師が巡回の担当に托して、親鸞上人の歎異鈔を教務からとゞけてよこした。私は小学校時代雑誌や小説本の類を耽読したが、まだ曾つてこういう種類の書を手にしたことがない。

歎異鈔はこれまで多くの人々に読まれてきたものとみえて、表紙はすりきれ中もかなり汚れていた。私は初め字義になじまないので、読みづらかった。しかしこの本の薄っぺらなのが、私の気をらくにした。私は教誨師に云われたように、暇にまかしてそれを繰返し読んだ。教誨師が時折私の房を訪れてきて、私の解らぬところを説明してくれた。

つまり歎異鈔の本旨とするところは、どんな悪人でも阿弥陀さまのお袖にすがって、ひたすら御念仏をとなえさえすれば、私の恐れる死を易くすることができ、極楽浄土に再生することができるというのだそうである。

「——善人なおもて往生をとぐ、いわんや悪人をや。こゝが眼目だ、阿弥陀さまは却初《ごうしょ》の昔から未来永劫にわたって、人間の罪障救済を本願にこの世に示現していらっしゃる。それ故罪業の深い人間であればあるほど、阿弥陀さまはその者をお憐れみ下さるのだ。善人は他の力をたのまずとも、往生ができる。しかし罪深い悪人は、阿弥陀さまにお縋りせずには成仏できない。げんに君が苦しんでいるのも、そのためだ。また阿弥陀さまも、君のような人間のために、有難い御誓願をたてられた」

心身ともに弱りはてゝいた私は、たちまち教誨師の暗示にかゝってしまった。

「阿弥陀さまにお縋りして、極楽に行くにはどうしたらいゝでしょうか」

「まず、過去に犯した自分の罪業を、よくよくふりかえってみることだな。そして、あゝ悪かったと気がつけば、自然と阿弥陀さまの御姿が君の前に現れてくる。その御声も聞えてくる。それが阿弥陀さまの、どんな悪人もお見捨《(ママ)》ならない証拠だ。我欲や生死《しょうじ》の煩悩《ぼんのう》に、耳目を蓋《ふた》されていては、御姿を仰ごうとしても仰ぐことができない。こゝの所を読んで、よく考えて御覧、阿弥陀さまの御心がわかるから……」

――弥陀の誓願、ふしぎに助けまいらせて、往生をば遂ぐるなりと信じて、念仏申さんと思いたつ心の起るとき、すなわち摂取不捨の利益にあずけしめ給うなり。弥陀の本願には老少、善悪の人を選ばれず、たゞ信心を要とすと知るべし。その故は、罪悪深重、煩悩熾盛《※ぼんのうしじょう》の衆生をたすけんがための願いにてまします。しかれば本願を信ぜんには、他の善も要にあらず、念仏にまさるべき善なき故に。悪をもおそるべからず、弥陀の本願をさまたぐるほどの悪なき故に。

これが仏説のいわゆる、所縁というものであろうか。私は阿弥陀さまに帰依するようになってから、死の重荷が軽くなり心が明るくなってきた。私の罪業は宿世《すくせ》のものである。私は人間の煩悩や悪性《あくしょう》の体現としてこの世にあらわれ、その業因《ごういん》をはたした後は永世不死の世界に帰ってゆく。

死の平和はすなわち、新に生きることだ。私は火宅のこの世を旅立って彼岸の浄土に赴くのである。この自覚が死の恐怖から私を蘇生させ、むしろ死を悦び迎えるような希望に私を勇みた、せた。飢餓の苦しみも生活の不安もない永遠に平和な安住の世界、そこへは死を機縁にしなければ這入って行かれぬ。

私は十八年の生涯をあらためてふりかえってみて、私にはそれがあまりに重すぎたことを感じる。私のように意志の力を欠き精神の薄弱な者は、死によるのでなければ無明《むみょう》の煩悩を断ちきることができない。私は死によって美しい己に再生できることを、有難く思う。私は私の醜い現世の姿を、今ではいとわしくさえ考える。

弥陀への信仰は、ふた、び私を別人にした。観世音が三十二相の変身をもつように、因果の仮象にすぎない私も本然の姿を具現するまでに、幾度も変化する。私は宿縁《しゅうえん》の人々の幻を見るかわりに、夜な夜な弥陀の御姿を仰ぎその御光をあびるようになった。

死の悩みから救われると共に、私は気力をとりもどし快活になって、身体もまるまると肥ってきた。仏恩広大、我慾のために多くの人々をそこない、祖父母まで殺してみずから死の道をえらんできた極悪人の私にたいして、弥陀は永久無量の生命をさずけて下さる。その忝《かたじ》けなさを思うと私は、物をたべ何事をなすにも報恩感謝の念で胸がいっぱいになった。

私を見るほどの人々は皆、私の顔が仏相をおびてきたという。私の面が真理の光に赫《かく》奕《やく》として輝き、口辺に自然の微笑を絶やさぬからに違いない。私はまた私を見る人々の眼つきに、愛憐にみたされた仏の慈眼をかんじた。歎異鈔に、「一切の有情は皆もて世々生々の父母、兄弟なり。いずれもいずれもこの順次生《じゅんじしょう》に仏になりて助け候べきなり」とあるのは、この事であろう。

私にたいする二審の判決もまた、死刑だった。私は喜んでその言渡しをうけた。

「有難うございます」

私が裁判長にむかって叮寧にお辞儀をすると、裁判長は眼鏡ごしに私の顔をじっと視つめた。よほど意外だったらしい。私が一審で裁判長に暴言をあびせかけた事を、この裁判長も聞き知っていたからだろうと思われる。

私は裁判長の不審そうな顔つきに、心からの微笑をもってこたえた。裁判長は私の微笑を見ると、なぜかさっと表情をかえて顔をそむけ、眼鏡の下で二、三度眼をしばたゝいた様子だった。私がまだ丁年未満の少年だったことを、憐れんだためであろうか。満廷の傍聴人の席も私がお辞儀して礼をいった瞬間、水をうったように静になった。

私の執行の時が近づいてくるにつれ教誨師や担当や雑役の人達の私に接する態度が、目だってあたゝかく親切になってきた。ほとんど私の遠い旅立ちを、惜むかのようにさえ感じられる。教務課長や刑務所長までが、私の房へ来て私を慰めるようになった。

或る日、所長室へ呼出された。囚人として異例のことである。室内に所長と教務課長と四十代の洋装の婦人が、椅子に腰をおろしていた。三人でいろいろ私のことを話し合っていたらしい。婦人は所内の観察にでも来た、都会の立派な身分の人なのであろう。所長達の彼女にたいする態度は、鄭重である。

「この少年です」所長は婦人に私を紹介して、

「此処へおかけ」

所長は婦人と向合せの椅子を、優しく私に指さした。有縁《うえん》無縁何びとであるにか、わらず、みな仏性《ぶっしょう》をついだ父母兄弟《けいてい》であると信じている私は、畏れることもためらうこともなくその席についた。

「このかたは国会議員でいらっしゃる。君達のために、少年福祉、保護法案や矯正院法案に関する法律を審議されるについて、全国の少年院、家庭裁判所、刑務所などを視察に来られた。ところでなァ垂井」所長は私を番号でよばなかった。

「私からこのかたにお頼みして、丁度い、折だから君のお母ァさんになって貰った。君は生れた時から、お母ァさんというものを知らない。こんな立派な先生にお母ァさんになっていたゞいたら、君も嬉しかろう。自分にその御資格はないと御辞退なさるのを私からたってお願いした。君も承知してお母ァさんに、云いたい事を何でも申上げるがよい」

所長は職掌柄、これまで度々死刑囚の執行にたちあって、死刑廃止論者になっていた。彼は母もなく死んでゆく私の身上を不憫に思い、そのような処置をとったのであろう。私はにこにこしながら、椅子から起ちあがって新しい母に礼をした。ひたすら阿弥陀さまにおすがりしている私に、新しい母の必要はなかったけれども、私は所長等の温情に謝したのである。

婦人は私に劣らぬ叮寧さをもって、私に礼をかえしてよこした。私の婦人にあたえた印象は彼女の予想をまったく裏切ったらしい。婦人は少年の身で死刑に処せられる私の姿を、ひどく陰惨な恐しいものに想像していた様子である。私の微笑と明るく輝いた表情は、婦人を感動させ涙ぐませた。

「所長さんが今おっしゃられたように、私はあなたのお母ァさんになるなどという資格はございません。あなたは立派に救われていらっしゃる御様子なのに、まだ何も救われていぬ私があなたの母になるなんて、ほんとにお恥ずかしいようなものですが、でも何か私に役立つことがあったら、御遠慮なくおっしゃって下さい。たとえば差入れ物で何か……」

婦人は私が少年なので、この世の名残にあまい物でも腹いっぱい喰べたがってるように考えたらしかった。私は信仰に生きるようになってから、すべてに不平をもたなくなった。刑務所の食事を感謝してたべ、それに充分満足していた。

「喰べ物はべつにほしくありませんが、心の悦びになるような本があったら、読みたいと思います」

「承知しました。あとで教務課長さんと御相談して、何か適当なものをお届けしましょう。そのほかには？」

私は婦人と眼を見合せた。婦人の眼差しには、私にたいする精いっぱいの好意があらわれている。私の死はそれほどまでに、人の同情をよぶのであろうか。私はむしろ喜んで、この汚辱の世を遁げだしてゆくのに。私は婦人が代議士であることを考えて云った。

「私は今まで、誰にも申したことはありませんが、私生児なのです。私は父母の愛情や家庭の悦びを知らずに育ちました。どうぞ子供に私生児なぞという悲しみや僻みを、味わせないような法律をこさえて下さい。私が現在のような身の上になった最大の原因は、そこにあったんじゃないかと身に沁みて考えられます。それから人々に最低限度の生活が保証されて、泥棒しなくてもすむような法律を作っていただきたいと思います。もし食事が充分にできたら、私にしても或る程度、罪を犯さずにすんだかもしれません。私ばかりでなく、この刑務所にいる千人以上の受刑者の中、大部分がそうなのじゃないでしょうか」

婦人はうなずきながら、椅子からたちあがって私に右手をさしのべた。

「あなたはもう、この世でいちばん幸福な人の子に、生れ替っていらっしゃいます。私の祝福をうけて下さい」

彼女は私の手を握ると、そのまゝひきよせて、私の身体を両手でしっかりと抱きしめた。婦人の熱い涙が、滴々と私のうなじにしたゝりおちてきた。

私は今、自分の体内が光り輝くような気持で生きている。阿弥陀さまが私の中に住んで居られるからだ。私はいつ刑場にひきだされてもいゝように、監房内を塵一つ落ちていないようきちんと片付けておく。私は一日もはやく、祖父母の待っている極楽へ、飛んでゆきたい思でいっぱいだ。憎みも争いも苦しみもない、楽園の浄土界。そこにほんとうの私の生活がある。

私は処刑は朝のうちに行われる、ということを知っている。朝になると雀が、私の監房の窓辺に飛んでくる。私がそこへ飯粒を置いておくからだ。私がいなくなれば、雀は失望するに違いない。それが私のこの世にのこす、唯一つの心がかり……南無阿弥陀仏。

〰〰〰〰〰〰〰〰〰〰

少年の手記は、こゝで終っている。婦人代議士はその後折々、この少年のことを思いだして、死刑があのような少年にたいし、はたして妥当なものであるかどうかにつき、思いまどうことがあった。

ところが二年経って、婦人は少年がまだこの世に生存していることを、偶然の機会に知らされた。彼女はさっそく、少年に会いに行った。

少年は、あのようによい子供を、むざむざ殺したくないという人々の計らいから、少年保護法の改正されるちょっと前でもあったので、恩典により刑一等を減じられ、無期囚として他の刑務所で、作業用の白手袋をつくる労役に服していた。

婦人は少年に面会して愕然とした。まるまると肥っていた彼が、再び見違えるばかり痩せおとろえ、人に咬みつきそうな凶悪な相に変っていたからである。

楽しい憧れをもってあの世へ旅立とうとしていた少年は、ふたゝびこの世にひきもどされた絶望してしまった。彼はとざされた獄舎の生活に、何の希望も幸福も見出しえなかった。

少年ははるばると訪ねて来てくれた婦人代議士にたいし、涙を流して愬《うった》えた。

「なぜあの時、私を幸福に死なせてはくれなかったのでしょう。あれから二年あまり経ちますが、私は毎日生きてゆくのが苦しくてならんのです。こんな苦痛にさいなまれているくらいなら、獄外へ脱走してもう一度殺人罪を犯し、死刑に処せられたいと考えます。死んでゆく時の身も心も軽る軽るとする、晴々とした悦びを思うと、私は助けられたことが怨めしくてたまりません」

そういう苦悩にみちた、少年の悲痛な顔つきは、いたましいかぎりだった。往生の要諦を説く仏教は、少年の死にたいする恐怖や苦悩をやわらげてその悦びや功徳に転じ、生への執着を、嫌悪へ変らせえたが、生涯を獄舎に葬むられ、絶望して生きている少年にたいしては、もはや効力をもたなかった。婦人代議士にしても、彼がもとの幸福な、善い少年にかえってくれることを願う以外に、慰めようがない。

少年の短い生涯が運命のからくりに翻弄されてきたように、彼の無智な精神もまた信仰のからくりに弄ばされて悩んでいる。自力か他力か、要は当人の自覚や信念の把握にまつしかないようなものの、それで人間の生きゆく道が解決されたというわけでもあるまい。

「とにかく私は、うんと仕事をします。それによって幾分でも、現在の苦痛を忘れるように致しましょう」

少年は最後にそういって、暗い未来におしつぶされたように、うなだれよろめきながら獄内へ消えて行った。

付記

「少年死刑囚」を草するにあたって、刑務協会の人々、ことに小沼修氏の尽力によるところが多い。氏から幾部かの死刑囚の手記を見せられなかったら、私はこの稿をなさなかったであろう。私は元来、人間犯罪にさして興をおぼえる者ではないからである。

刑務協会の人々は刑務行政の改善に、頗る熱心かつ真摯であるように窺われる。私は小沼氏等に案内されて小菅刑務所を見学したが、その整然とした秩序や設備、または囚人と看守当局者間の温い人間交情をこころよく感じた。罪を意識した人間の内部には、一種特別なあたゝかい人間感情が生れ出てくるように思われる。

『少年死刑囚』はいま何を問うているのか
――解説にかえて

池田浩士

I．作品と作者

1．『少年死刑囚』の形式と主題

中山義秀《ぎしゅう》の小説「少年死刑囚」は、一九四九年十二月二十五日発行の『別冊　文藝春秋』第十四号（文藝春秋新社）に前篇が、翌一九五〇年八月号（第四巻第八号）の『文學界』（文藝春秋新社）に後篇が発表された。後篇の題名は「永遠の囚人（少年死刑囚・後篇）」となっている。完結後、両雑誌の版元である文藝春秋新社から、他の作品六篇とともに単行本『少年死刑囚』（一九五〇年十一月二十五日発行）の表題作として刊行された。

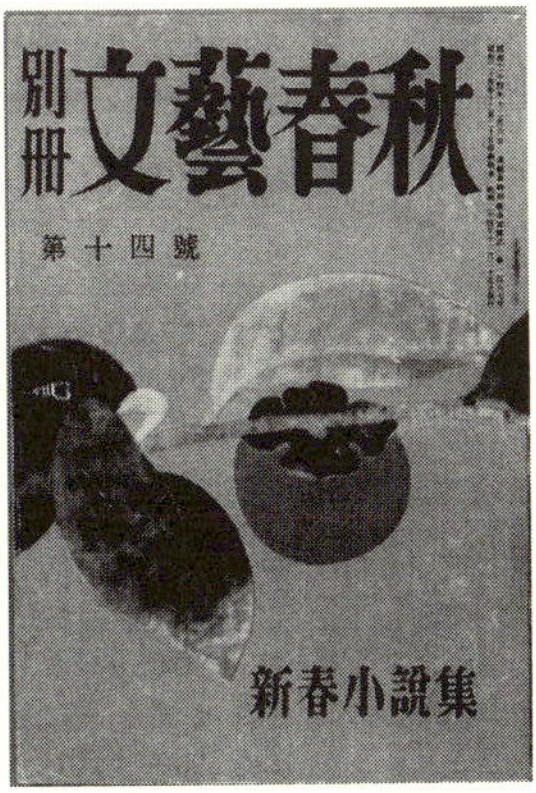

題名が端的に示しているとおり、この小説は一人の少年死刑囚の短い一生を描いている。――じつは、その一生は短いものではないのだが、とりあえずこう記しておこう。この一生を読者に語るのは、少年死刑囚そのひとである。小説はいわゆる「私小説（わたくししょうせつ）」の典型的な叙述形式で、主人公の少年がわずか十八年の、まもなく果てる自分の生涯を回顧するというストーリーになっている。この少年の手記の前後に、作者あるいは伝達者の短いコメントが付されて、手記の信憑性を裏付けるのである。それゆえこの作品は、単なる私小説ではなく、第三者によって一つの資料として保存され提示された文書でもある、ということになる。これは、歴史上のある一時点に起こっ

た出来事を記録するという形をとってさまざまな文化圏に遺されてきたいわゆる「年代記」（chronicle, chronique, Chronik）、あるいは年代記を模した文学作品の一つの定型ともいえる表現形式に他ならない。

作者がこの小説にそのような形式を選んだのは、もちろん、この小説が単なる空想の産物ではないということを読者に伝えたかったからだろう。あるいは、これが単なる作者の空想の産物ではないことを読者が承知している状況のなかでこの小説が発表されたからだろう。いずれにせよ、この小説は現実と懸け離れたまったくの虚構《フィクション》ではなく、まさに虚実の皮膜ともいうべき芸術的現実性《リアリティ》を込めながら描かれているのである。

語り手であり主人公でもある少年、垂井《たるい》浩《ひろし》は、実の母を知らない。「父は祖母のえらんだ女を嫌って、他の女と私通し私を生んだ。その女は紡績女工だったともいうし、もっと卑しい身の上の女だったとも云われている。祖母は私の母を、家に入れなかった。私は生母の顔も名も人柄も、その生死すら知らない」と少年は記している。祖母というのは、父の母である。その当時の日本社会では、もっとも貧しい階級の男は土工《どこう》（土方《どかた》）か炭坑夫、女であれば紡績女工か娼婦となって生きるしか道のない場合が少なくなかった。少年の生母もまたそういう階級の一人だったのだ。息子の子どもを産んだその女性を家に入れなかった祖母も、しかしまったく別の社会階級に属していたわけではない。少年の祖父母は「花柳界の片隅に、小さな雑貨屋をいとなんでいた」。売春によって生きる芸娼妓たちや遊廓の住人たちに安価な日用雑貨を売ることで、辛うじて日々の暮らしを立てていたのである。父は生まれて間もない子どもをこの祖母と祖父の手に残したまま、家を出て満洲へ渡ってしまった。残された子は、祖父母の手で育てられることになる。少年の手記の叙述からも、彼が生まれたのが一九三〇年代初頭だったと推測できるが、手記に先立つ作者もしくは伝達者のコメントは、少年が一九三二年一月生まれであることを明記している。一九三一年九月十八日に日本が惹き起こした「満洲事変」と、この侵略戦争による三二年三月一日の「満洲国建国」というまさにそういう時代の真っ只中で、少年はこの世に生を受け、人生を歩み始めたのである。父が満洲に渡ったのも、内地（日本の本国）では生きていくすべのない彼が新しい傀儡国家で一旗揚げるためだったに違いない。乳児を母乳で育てるのが普通だったその時代に、その子は「なま牛乳やミルク、豆乳、重湯《おもゆ》、葛湯《くずゆ》などで育てられた」。そのため「幼児はひよわかった」と少年自身が述べている。幼年時代からすでに、少年の生活環境もいわゆる世間一般の子どものものとは異なる貧しさと悲しみとによって染められていた。五、六歳のころ風邪をこじらせて肋膜炎になった彼は、母から受けることができなかった看護と思いやりを初めて周囲の人びとから与えられたからだろう、病気が長引くことを祈り、熱が下がることを恐れて体温計を火鉢で温めた。「人をいつわる事を知ったのは、これが最初である」と彼は回想する。この小さな悲しいいつわりが、彼の人生を方向づけたのである。

最初の盗みは、小学校三年のとき、自家の売上げ金を盗んだときだった。彼がひそかに思いを寄せるようになった同級生のいく子という少女を野遊びに誘ったが、彼女はそれに応じず、彼を避けるようになったので、彼女の歓心を買うために金が必要だったからだ。盗みは、よく遊びに行った近所の芸妓屋でも重ねられた。危うく露見しそうになっても、巧みに嘘をついて切り抜けた。その嘘が見破られないように、まことしやかな芝居をした。

私はそんな芝居をつづけている間に、嘘を嘘でないと信じていれば、他人は看破できるものでない、という事を悟るようになった。そして不思議なことにはその後、私には嘘と真実の境がしだいに不分明なものになってきてしまった。嘘も私が嘘でないと信じれば、真実なものとなってしまうからである。反対に真実を嘘だと思えば、嘘になってしまう。私が真偽、善悪の識別感をうしなってしまったのは、少年時代のこうした習癖からだった。〔……〕小学校の四年、五年とす、むにつれて、私の盗癖は膏肓《こうこう》にいってきた。はじめはいく子を悦ばせたさに、金をとって雛人形など買ったりしたが、いく子が私を顧みないことがわかると、今度〔は〕私自身のために物を盗り、後には盗することがあたりまえに、面白くさえなってきた。つまり嘘に平気になれたように、盗も私には悪事とは考えられない。悪事と考えたり感じたりするのは他人の事で、私にとっては猿がほしい物を手にとると変らぬ、無意識の行動となった。これまた心を左様に、訓練した結果だったかもしれぬ。〔原文で脱落していると思われる「は」をカッコ内に補った。〕

小さな盗みと嘘から大がかりで大胆な窃盗や強盗へと、さらには強盗殺人にまでエスカレートしていった自分の罪を獄中で振り返りながら、少年はこう記している。そして、それらの罪が自分の意志薄弱さによるものであることを認めたうえで、「私を育て、きた環境の不潔さと、運命の不幸をより強く感じないではいられない。私に父母があったら、そして私がもっと健全な環境に住んでいたら——そういう悔と悲みに、私は胸をひきさかれている」と述べるのである。

そのうえ、彼を苛《さいな》むもう一つの苦しい思いがあった。それは、戦争末期に突然ひとりで満洲から帰ってきた父のことと関わっている。父は、少年が国民学校（小学校）の六年だったとき、じつに十余年ぶりに帰宅した。

私は怒りに逆上すると、凶暴になる。私は父の怒ったのを、見たことがない。しかし父のそばにいると、時にひやっとするような不気味な恐しさを感じることがある。暗い穴をのぞいているみたいだ。父は満洲を放浪している間、どんな生きかたをしてきたのであろう。私の体内にもこういう不気味な父の血が、まだ目ざめずに流れているのであろうか。

人間の生きかたは遺伝と環境によって規定されると考え、この思想を文学表現の基本原理としたのは、一八七〇年ごろからフランスで始まって十九世紀末のヨーロッパを席巻した自然主義文学だった。そのもっとも代表的な作家とされるエミール・ゾラは、遺伝と環境とが人間にどのような決定的影響をおよぼし、人間をどのように形成していくかを具象的に描き出すために、「ルーゴン＝マッカール家の人びと」という長大な連作小説を書きつづけた。ルーゴン家とマッカール家という二つの家族を設定し、両家の婚姻から生まれた代々の人物たちが、どのような遺伝的因子と社会環境とによって、どのような生活を送り、どのような犯罪をおかすかを、「第二帝政下における一家族の生物学的・社会学的歴史」という副題をもつこの連作小説で蜿蜒と描いたのである。『居酒屋』、『ナナ』、『ジェルミナール』、『大地』など、日本でも比較的よく知られているゾラの代表的な作品は、いずれも全二〇巻のこの連作小説に属している。ゾラはまた、みずからの小説の方法にいわば科学的な根拠を与えるために、そのころ注目を集めていた「実験医学」の方法を文学表現に適用して「実験小説論」（一八八〇）を書いた。実験医学の領域で人為的に諸条件を設定して病状の進行を観察するように、小説のなかで遺伝と環境とに関わる諸条件を設定し、それによっていわばどのような症状を作中人物たちが呈するかを、描き出すのである。「実験小説」という理念が妥当かどうかはさておき、小説の作中人物の現実性《リアリティ》が、その人物の出自や社会環境との密接な関連を読者に想定させることによって生み出されるという実例は、いまでもなお少なくない。

中山義秀の小説『少年死刑囚』は、ある遺伝と環境の条件のもとで少年がどのような人間として生きることになったかを描く小説になっている、と読むこともできるだろう。少なくとも、作者がこの小説に純然たる虚構ではなく現実の出来事に基づくドキュメントとして読めるような形式を与えたことによって、この作品は、少年が犯した罪そのものよりはむしろ、少年にそのような罪を犯させた社会的現実を、問うことになった。そしてこの問いはまた、罪を犯した少年を重刑によって罰することの意味に対しても、向けられざるをえないだろう。作者がどこまで明確にそれを意図していたかは別として、この小説が、犯罪、とりわけ少年犯罪を生む社会のありかたを告発し、直接の犯行者に死刑や無期刑を科することで現実を糊塗しようする既成制度に疑問を突き付けていることは、否定すべくもない。

2. 特異な人物への関心

だが、中山義秀という作家の仕事の全体像、あるいはこの作家の作風を見るなら、作者の大きな関心は、主人公の出自や社会環境を描くことよりも、むしろ人物の人並み外れた特異性を活写することに向けられていたのではないかと思われる。

一九〇〇年十月五日、福島県岩瀬郡大屋村（現・白河市大信）に生まれた中山義秀《ぎしゅう》（戸籍名＝議秀）は、県立安積中学校を経て一九一八年春に早稲田大学予科に入学した。そこで、のちに著名な作家となる二つ年上の横光利一や、のちの詩人で一つ年長の佐藤一英《いちえい》らと知り合って文学への関心を深め、二〇年四月に同大学英文科に進学した。二二年に横光利一らと同人雑誌『穴』を創刊して短篇を発表する一方、社会科学にも関心をもってその勉強に没頭した。一九二三年四月、大学卒業とともに三重県立津中学校に赴任し、学園騒動をきっかけにして辞職するまでの二年足らずを英語教員として過ごした。二六年四月から三三年三月まで千葉県成田町の私立・成田中学校に勤務、そこでの同僚に三つ年少の英文学者・中野好夫がいた。勤務のかたわら創作を続け、さまざまな小同人雑誌や『早稲田文学』、『文藝』などに作品を発表したが、一九三八年四月号の『文學界』に掲載された「厚物咲」が、同年七月、第七回芥川賞（一九三八年上半期）を受賞して、ようやく作家としての地位が定まることになる。その後も「碑《いしぶみ》」（三九年六月『文藝春秋』）、「花になる女」（三九年十一月『大洋』、のちに「秋風」と改題）などの佳品を発表しつづけたが、中山義秀の本格的な作家活動は敗戦後に展開されたと言えるだろう。四三年六月から十二月にかけて海軍臨時報道班員として徴用され、南方の戦地を巡察した体験が、代表作の一つとされる「テニヤンの末日」（四八年九月『新潮』）として結実するのも、敗戦後のことである。戦時中の一九四三年に鎌倉に転居していた彼は、敗戦直前の一九四五年五月には、久米正雄、川端康成、高見順など鎌倉在住の作家たちとともに、貸本屋「鎌倉文庫」を開店し、敗戦後の十月に出版社「鎌倉文庫」を設立した。戦後間もない時期に「華燭」(四七年四月『改造』)、「テニヤンの末日」、「少年死刑囚」、「散りゆく花の末に」(五一年一月『中央公論』)など、いまなおいささかも色褪せない作品を書いたのち、戦後十年を経た一九五五年ごろからは歴史小説に主力を置くようになる。北條早雲、松永弾正、齋藤道三など戦国時代の武将たちや、いわゆる剣豪たちの生き様や彼らの生涯のひとこまを、通俗的な時代小説とは異なる純文学的な筆致で描いたそれらの作品は、歴史上の人物たちをきわめて個性的に描いた点で異彩を放っている。

これらの歴史小説の卓尾を飾り、中山義秀という作家の表現活動の事実上の集大成となったのは、長篇『咲庵』である。一九六三年一月号から翌六四年二月号までの『中央公論』に連載されたこの小説は、謀叛によって本能寺で織田信長を殺した咲庵《ちょうあん》・明智光秀の半生を描いている。短篇小説で発揮されてきた中山義秀の言語表現力が作品に緊張感を与えており、ストーリーの展開も巧みで、読んでいて飽きるということはない。しかし、小説として成功しているとは言いがたいのは、この作者の他の諸作品と比べて感動が稀薄なためである。それは、終わりに近いところからやや叙述の弛緩が感じられるようになるという理由からばかりではない。明智光秀という人物の強烈な個性が充分に伝わってこないからだ。

中山義秀の小説の最大の魅力は、人物たちの醜怪なまでに強烈な個性にあった。芥川賞を受賞した「厚物咲」の二人の主人公たちのうち、語り手役の瀬谷の目を通した片野俊三という人物は、常軌を逸した厚顔無恥と病的なまでの執念深さの持ち主である。こうした強烈な個性は、その具体的な表われかたこそ違うとはいえ、中山義秀のどの作品の主人公たちにも見られる。「碑」の三兄弟のそれぞれの魅力、そしてそれらの魅力の結集としての作品の力も、三兄弟がそれぞれ偏頗なまでの強烈な個性を発揮するからである。こうした特異な個性の魅力は、文字通りからだを張って単身で生き抜き力尽きて果てる「散りゆく花の末に」の堀川田鶴野《たずの》にも十二分に備わっている。人物たちのこうした魅力について、「厚物咲」を受賞作に推した芥川賞選考委員のひとり宇野浩二は、選評のなかで、「この作者はドギツイ逞しい力をもっていて、これが特長らしいが、筆が尚洗練されて幅が出てくれば申分ないと思った」と述べたあと、「厚物咲」についての評価をつぎのように記している。

> 「厚物咲」に就いては、この小説が雑誌に出た時、丁度その月の小説の批評を頼まれたので、その時、私は、この小説を過褒して、こう書いている。／「瀬谷と片野の晩年

の異様で風変りな交際を中心にして、彼等の生活や性格は勿論、彼等の過去と彼等の周囲の人々を実に詳細に一種の絵巻物の如くに書いている。ずいぶん複雑な怪奇な所さえある題材を、幾らかごたごたしているのが瑕《きず》であるが、また新鮮味は感じられないけれども、一種独特の風格と味のある文章で、或いは写実的に、或いは抒情的に或いは象徴的に、簡潔でありながら、可なり重厚に且つ克明に書いている。」〔後略。／は改行箇所。（　）を付した振りがなは引用者による。〕

宇野浩二は、最後まで「厚物咲」と賞を競った田畑修一郎の「鳥羽家の子供」と比較して、「普通の意味で、「厚物咲」より、「鳥羽家の子供」の方が、上品で、謂わゆる芸術的である。しかし、仮りに「厚物咲」に逞ましいところや、「これでもか、これでもか」というごときところがあるとすると、「鳥羽家の子供」には、何か弱々しいところと、「もう一息」というところがある」とも述べている。中山義秀の作品と比べれば、田畑修一郎の「鳥羽家の子供」が弱々しく見えるのは、やむをえないことだっただろう。

「厚物咲」という小説が書かれてから、すでに四分の三世紀が経過している。それにもかかわらず、この小説はいまなお読むに堪える魅力を失っていない。それは、この小説が、特異な、あるいは怪奇な人物を「これでもか、これでもか」と、しかも「重厚に且つ克明に」描いているからである。小説が個性的な人物を描くのは当然すぎるほど当然のことであり、中山義秀の作品に限った特色ではない。だが、中山義秀の人物たちの個性は、一般に肯定的に評価され美しいとされる個性ではない。それは、特異で、怪異で、醜悪とされ、あるいは見るものが目をそむけたくなるような個性である。しかも読者はそういう個性的な人物たちから目をそらすことができない。それは、その特異さ、怪奇さが、私たちと無縁な、私たちと異質なものではないからだ。

異常と見えるもののなかにあるのは、正常が極端に形を変えて表われた姿なのである。逆の言いかたをすれば、正常とされる状態は、異常がいわば臨界点に達して発現する以前の状態であり、異常が意識されるまでに至っていない状態である。異常は、いわば私たちの正常さの未来形に他ならない。だからこそ、小説のなかの特異な人物は、正常であるはずの読者に感動を与えるのだ。

中山義秀が繰り返し描いた特異で異常な人物たちは、私たちの正常さを極端に変形して、私たちの正常さを未来形で、体現している。『少年死刑囚』の主人公も、その例外ではない。

3・小説の結末と作者の問い

「厚物咲」の主人公、片野から、親友の瀬谷は九年前に三十円を借りた。「片野は瀬谷の生活の苦しさを考えて、毎月一円ずつを友から取り立てた」。それからずっとその取り立てを続けているのだから、考えてみれば瀬谷は「一年に十二円、三年で三十六円、九年で百八円」支払っているわけである。三十円の借金はとうの昔に完済しているはずだ。それでも片野は、いまだに「月の五日十五日二十五日と三度朝早々から瀬谷の家にやってきて、その時々の都合次第、あればよしなければまたやってくる」という取り立てをやめない。

一事が万事、親友を出し抜くことなど毛筋ほども気に掛けない片野は、若いころ二人で一山当てようと東北地方に金鉱を探し歩いたときも、瀬谷に煮え湯を飲ませて平然としていた。瀬谷に対してだけでなく、まさに傍若無人の押しの強さで世の中を押し渡ってきたのだった。その片野の醜悪さを克明に凝視しながら片野から離れられない瀬谷も瀬谷なのだが、ついにその奇異な関係も終末を迎える。片野が、七十歳の声を聞くころになってから、ある五十過ぎの未亡人に命懸けで懸想して、彼女と再婚することを勝手に決意し、相手の拒絶にあって縊死したのだ。大輪の菊の園芸品種のひとつ、厚物咲《あつものざき》を仕立てることにかけては天才的な腕を持っていた片野は、ついにその秘訣を誰からも隠しおおせたまま果てたのである――。

要約すればただこれだけのストーリーが読者をとらえて虚構の世界に惹き入れるのは、瀬谷の目から見た片野が怪異なまでに強烈な個性として描かれているからである。その瀬谷もまた特異な人物だからである。江戸から明治への過渡期の一山村を舞台とする「碑」でも、人物たちの魅力は彼らの特異性にあった。一方、「少年死刑囚」の主人公は、それほど並外れた個性的な特異性の持ち主ではない。だが、少年が「厚物咲」や「碑」の人物たちほど強烈な個性として描かれていないのは、それらの人物たちが行なうのは歴然たる犯罪ではなく、少年の行ないは誤解の余地のない無惨な犯罪行為だからに過ぎない。いわば、犯罪そのものが少年の特異さを代行しているのだ。そして、作者が他の諸作品におけるような「ドギツイ逞《たくま》しい力」をもって少年の「異様」さを描かず、むしろ少年の犯行のドギツサを少年自身の手記として示すことで少年の弱さや悲しみを描いたからこそ、少年をそのような犯罪へと追いやった社会の現実に対する問いが、この小説の中心的な主題として生きてくることになる。

「少年死刑囚」の小説としてのクライマックスが、無惨で救いようのない老婆殺しを平然と、ほとんど何の感動もなく行なう少年の姿や、まさに血まみれの親族四人殺しの場面とそのときの少年の心の叙述にもまして、第一審と第二審で死刑判決を受けながら恩赦によって無期懲役に減刑されたときの少年の絶望を描く場面にあることは、誤解の余地がない。この小説のもっとも中心的な主題は、少年が幼児から積み重ねてきた犯罪とその結末としての五人殺害そのものではない。少年がそこに至るまでの過程さえ、結末の絶望の前では霞んでしまうほどである。殺人を犯して逮捕された少年は、当初の反抗的な態度と自暴自棄の精神状態を、教誨師に教えられた浄土真宗の信仰に帰依することで克服する。「善人なおもて往生を遂ぐ、いわんや悪人をや」という親鸞の『歎異抄』の教えを知った少年は、極悪人の自分を救ってくれる極楽への旅、すなわち死刑を嬉々として受け入れる気持ちになる。そのころ、少年に関係する法律の国会審議のために各地の少年院や刑務所を視察して廻っていた一人の女性国会議員が、刑務所長の案内で少年と面会することになり、彼女もまた少年の心からの更生に深く感動させられたのだった。

　こうしてひたすら死を願い、一日も早い死刑執行を待ちわびるようになっていた少年に、ある日突然、恩赦によって無期懲役に減刑された、という知らせがもたらされるのだ。小説では、この場面は描かれていない。少年の手記は、自分が監房の窓辺に置く飯粒をついばむためにいつも飛んでくる雀が、自分がいなくなれば失望するに違いない、という心残りを、もはや遠くない死刑執行を待つ少年が記すところで終わっている。死刑から無期懲役に減刑された少年の絶望は、手記の後に付された作者もしくは伝達者の追記のなかで明らかにされる。そこでは、少年死刑囚と面会した女性国会議員がそれから二年後に彼と再会する場面を描いている。少年が恩赦で減刑され、まだ生きているということを知ったその国会議員は、さっそく少年に会いにいった。ところが、二年前の少年の姿はなかった。「婦人は少年に面会して愕然とした。まるまると肥っていた彼が、再び見違えるばかり痩せおとろえ、人に咬みつきそうな凶悪な相に変っていたからである。／楽しい憧れをもってあの世へ旅立とうとしていた少年は、ふたゝびこの世にひきもどされて絶望してしまった。彼はとざされた獄舎の生活に、何の希望も幸福も見出しえなかった」のである。

少年の絶望を、彼に死を美化して教え、死刑をすすんで受け入れる心理に彼を導いた教誨師の宗教的欺瞞に対する批判として読むことも、不可能ではないだろう。「少年の短い生涯が運命のからくりに翻弄されてきたように、彼の無智な精神もまた信仰のからくりに弄ばれて悩んでいる。自力か他力か、要は当人の自覚や信念の把握にまつしかないようなものの、それで人間の生きゆく道が解決されたというわけでもあるまい」という作者ないしは伝達者のコメントも、そのような読みかたを裏付けているといえないことはない。だが、小説の主題《モティーフ》をそのような宗教的欺瞞に対する批判に限定してしまうとすれば、それは、生きて苦しむよりも一思いに死刑を執行されてしまうほうが幸せなのだ、という死刑正当化の思想をこの小説から読み取ろうとするのと同じように、的外れと言わざるをえない。作者はむしろ、この結末によって、これから少年がたどる道を、少年のこれからの生きかたを、文学的想像力によって先取りして描いているのである。

なぜあの時、私を幸福に死なせてはくれなかったのでしょう。あれから二年あまり経ちますが、私は毎日生きてゆくのが苦しくてならんのです。こんな苦痛にさいなまれているくらいなら、獄外へ脱走してもう一度殺人罪を犯し、死刑に処せられたいと考えます。死んでゆく時の身も心も軽る軽るとする、晴々した悦びを思うと、私は助けられたことが怨めしくてたまりません。

はるばる面会にきた女性国会議員に少年はこう訴える。注目すべきことは、これが無期に減刑されてから二年後の少年の思いだという点である。待ちわびていた死刑への憧れを突如として奪い去られた直後の絶望とは違うのだ。確定囚として二年間の獄中生活を体験した彼が、これからそれが無限に続く無期懲役囚として、絶望を語っているのである。この絶望には期限がない。

中山義秀は、小説『少年死刑囚』の結末によって、無期刑を科せられた囚人の苦しみを描いた。あるいは死刑にもまさるかもしれぬ無期刑の残虐さを、彼は文学的想像力によって予見したのである。

Ⅱ．『少年死刑囚』の映画化と現実の背景

1．実在の事件と人物

小説のなかで死刑囚として処刑を待ちわびていた少年に面会し、その母親代わりになることを刑務所長から頼まれ、その二年後にふたたび少年に面会して無期囚としての絶望を知らされた女性国会議員は、実在の人物だった。その当時「緑風会」の参議院議員だった宮城タマヨ（一八九二～一九六〇）である。すでに一九二〇年代初頭から「大原社会問題

研究所」のスタッフとして社会問題、とりわけ少年問題の研究を続けた彼女は、敗戦後に女性が選挙権を獲得すると、一九四七年四月の第一回参議院議員選挙に立候補して当選した。国会議員となって、それまでの研究成果を実践に移す仕事が始まった。最初の課題は、少年法の抜本的な改正だった。参議院法務委員の宮城は、国会での審議にそなえて各地の少年院や刑務所を視察した。そして少年死刑囚と面会したのである。小説『少年死刑囚』の主人公には、実在のモデルがあったのだ。少年との出会いのことを、彼女は日本更生保護協会の機関誌『更生保護』の一九五二年五月号（第三巻第五号）に寄せた「少年死刑囚の家」と題する一文に書いている。

私は参議院の法務委員会から、九州のK刑務所を視察にまいりました。そのとき、刑務所の所長が、／「ご存知のように、ここに、十八才に満たない死刑囚がおります。間もなく刑を執行されることになっておりますが、この少年は可哀そうに、まだ母親の味を知らないのです。どうか、先生、今日は母親がわりに、ひとつ会ってやってください」／と、たのまれました。／私は、あの一時新聞でやかましかったA少年死刑囚のことを思い出して、胸がいっぱいになりましたが、私はお母さんとしてその子に会うほどの資格はないにしても、叔母さんの身がわりくらいにはなって、その子に会わなければならないと心を鞭うちました。／刑務官にいかめしく守られて応接室に来ていたその少年は案外にも健康そうに肥えて、元気そうでした。うれしそうに、またなつかしそうに、笑って私を迎えました。／「まあ、あなたがAさん。お元気ね」／私は心ひそかに、いまにも絞首刑を受けるこれがその少年だろうかと疑ったほどでございます。／「ね、Aさん。私はとてもあなたのお母さん役は出来ませんが、今日は叔母さんにでもあまえるつもりで、なんでも云ってちょうだい。なんでも、話してちょうだい。どんなことでも、おねだりしてちょうだい。私でかなうことでしたらどんなことでもしますよ」すると少年は明るくほほえんで、／「先生、ご安心ください。私はここで仏教の話を聞いて、それからいろいろ本も読ましてもらって、未来はきっと仏さまになれると云うことを知りました。いま、私はこの信仰の変らないうちに早く死刑になりたいと願っているんです。私は悪いことをしつづけて、最後には人をたくさん殺し、人の家に火をつけた人間です。こんな人間でも仏さまは救ってくださるって、ありがたいことです。仏さまの大慈大悲のふところにだかれて、私は喜んで死ねます。この刑務所のなかでは、みなさんから可愛がられて食べ物は充分だし、読みたい本も読めるしこれ以上なんにもいりません。先生におねだりすることもなんにもありません。どうか喜んでください」／と云って、ちょっと首をかしげると、／「先生こんな無理なことがお願い出来るでしょうか。〔以下略〕

少年の願いというのは、彼を育ててくれた祖父母への伝言を頼むことだった。仏門に帰依して極楽まいりをしてくれるように、というのである。「私は一足さきに行って待ってます。そして、きっと二人への孝行はあの世でしますからって」。この最初の会見の様子を記した個所を、宮城タマヨは以下のように締めくくっている、「この少年と私とは、これまでの縁はうすうございました。が、この会見で、私はすっかり心を動かされ、なにかわからない力でひきつけられ、私は泣いて、その子の云うことを聞いていました。／「先生大丈夫だい。泣かないでください。ぼくは立派に死ねますよ。死んだら、ぼくは立派になれるんだから喜んでいるんだ。泣かないでください」／と、かえって少年にはげまされて、別れてまいりました。」

それから一年半ほどたった昨年の正月、つまり一九五一年の一月に、宮城タマヨは同じ参議院議員の一人から、少年Aがまだ生きていることを聞く。彼女は国会の閉会を待って同年四月にふたたびK刑務所を訪れ、少年がいまでは無期懲役囚となって同じ九州の別の刑務所に移されていると教えられた。そしてただちにその刑務所に赴いて、少年と面会したのだった。宮城は「少年死刑囚の家」で、そのときのことをつぎのように記している。

まぎれもないあのA少年が、教務主任、出務官数人に囲まれて、応接室で私を待っていてくれました。しかし、そのとき、A少年の顔を一目見て、私は驚ろきました。すぐひき返して、部屋のそとで一応心をととのえて出なおすほど驚きました。／「Aさんですか。Aさん、あなたは心も体も元気ですか?」／とまでは云ったけれども、私はあとの言葉が出ません。／あの死刑を目の前にひかえて、春の海のように静かで、おだやかだった少年死刑囚は、いまはやせおとろえ、顔もとがって、夜叉のように、すさまじい様子でした。しくしくっと泣き、しばらくは言葉もなく――／「先生こらえてくれ、おら、もう一ぺん悪いことをするんだ。どうしても死にたいから、今日、先生に会うのはいやなんだ」〔……〕あれそびれた手で鼻を左右にこすりながら、語る言葉はこうでございました。／A少年はK刑務所で、来世に生れかわる楽しみを充分持った安心立命の境地にありましたが、お情けで刑一等を減じられてみれば、この若さで一生涯刑務所生活をし、味気ない自分の好きでもない作業を、これから死ぬまでつづけて行かなければならないということは、いかにつらいことか、つまり、いやでも応でも終身、刑務所の生活をして死んで行かねばならないことは、一思いに死んでしまうより、どんなに苦しいことか、ちぎれちぎれの言葉で綴って、私に訴えました。／「おらあ、一生涯藁仕事するんか。そんなことがどうして、できるもんか」／と絶叫するのです。はっとして、その手を見ると、なるほど藁仕事をしているのかと思わせる手のささくれだったあかたでした。もちろん、この少年の絶叫は労働をいとっての言葉ではありません。／「先生、それだから、おらあ、どうしても獄破りするんじゃ。もう一ぺん人を殺すんじゃ。そうして、死刑にしてもらうんだ。先生、心配はいらんよ」

また来ると少年に約束して立ち去る宮城タマヨがドアを閉めるとき、「アーッ、アーッ」という少年の泣き声が部屋のなかに残されていた。宮城はこの文章の末尾の部分で、少年の生い立ちと、「九州のK県に行けば、どんな悪事をしても決してばれない」という仲間の言葉を信じてK県にたどり着いた少年が、ついに犯してしまった殺人事件について紹介している。「飢えに迫られ、ある夜、家内四人の家庭に盗みに入りましたが、折あしく、家族が目をさまして騒ぎだしたので、居直り強盗になりました。そしてひどく騒がれたので、あり合せの斧をもって、とうとう四人みな殺しにしてしまいました。その恐ろしい罪状を焼き消すために、家に火をつけました。それが世にも恐ろしい少年の強盗殺人放火という罪名によって、ついに死刑の宣告を受けたのでございます。」

小説『少年死刑囚』の作者、中山義秀は、この小説が発表されてから五年半後、宮城タマヨの文章から三年余り後に、ある座談会の席で、この小説を書いた当時の感想を求められた。そのとき彼は、「たまたま死刑囚の手記を見せてもらったのですが、どれもこれも類型的だったのに、たった一つ、少年の手記が非常に感動的で、具体的に書かれてあり、それに心を打たれたのです」と述べている。そして、初めはなかなか書き進められなかったその小説を「ぐっと書いた」のは、「宮城さんが本人に会ってきて、その時の話を聞いたものですから、非常に印象が変った。それで感動して書き始めたンです」と付け加えたのだった。

小説『少年死刑囚』にモデルが実在することは、このとき作者自身によって確認されたのである。――とはいえ、実在の少年死刑囚はあくまでもモデルであり、中山義秀の話によって、宮城タマヨの会見記によってさえ、実在の少年がその真実の姿を現わしたわけではなかったのだ。実在の少年は、依然として獄中に姿を隠したままだった。

2．映画『少年死刑囚』は何を描いたか?

中山義秀が少年死刑囚というテーマとの出会いを語った座談会は、「刑務協会」(旧・監獄協会、現・矯正協会)の機関誌『刑政』の一九五五年七月号(第六六巻第七号)に掲載されている。座談会の表題は「小説・映画そして法律――「少年死刑囚」を語る」で、中山義秀のほか、映画監督の吉村廉、脚本家の片岡薫、俳優の牧真介、同じく木室郁子ら映画関係者と、府中刑務所長・本田清一、関東医療少年院長・小川太郎、参議院法務常任委員会専門員・堀真道など、刑務行政関係者が出席している。この表題と出席者からもわかるように、この座談会は、小説『少年死刑囚』が映画化されたのを機会に、少年犯罪と刑務行政について考えるという趣旨で企画されたものだった。座談会では、映画化にあたって府中刑務所が監房内部までロケのための使用を許可し、本ものの看守の制服が俳優たちによって着用された、というようなエピソードも明らかにされている。

けれども、この座談会以上に興味深いのは、座談会の直接のきっかけとなった映画そのものだろう。『少年死刑囚』の映画化は、片岡薫と佐治乾の脚本、吉村廉《れん》の監督、兒

井英生の制作で行なわれ、主人公の少年、垂井浩は牧真介、祖父母は左卜全《ひだりぼくぜん》と田中筆子、幼馴染のいく子は木室郁子、少年の義母は田中絹代が演じた。もちろん、原作が中山義秀であることは明示されている。完成した映画は一九五五年七月三日に公開された。そのシナリオは、映画の公開より十ヵ月前に、雑誌『映画評論』の一九五四年九月号に掲載されていた。

　原作の小説と映画シナリオとを比較して興味深いのは、映画が原作のストーリーを大幅に変えていることである。祖父母を殺すのは同じだが、原作の従兄弟夫婦は叔父夫婦とされ、行きずりの老婆殺しは省略されている。つまり、原作では少年は五人を殺すのだが、映画では四人殺しとなっている。それ以上に大きな違いは、少年がひそかに思いを寄せていた「いく子」が、映画ではきわめて大きな役割を与えられていることである。小説のなかの彼女は、少年がもっとも強く彼女への思いを語っている小学校（国民学校）のころでさえ、直接には少年と接することはなく、それと知らずに少年が盗みに入ったのがまったく偶然にもいく子が母と暮らす家だった、という出来事を最後に、少年の回想以外からは姿を消していく。ところが映画では、冒頭からすでに一審で死刑判決を受けた獄中の「一〇三号」として登場する少年を、いく子がその母とともに、度重なる手紙や面会によって最後の場面に至るまで支えつづける。少年が犯した残虐な罪に脅えながらも、いく子は少年を理解しようと努力し、二審でも死刑判決を受けた少年を説得して上告するように励ますのである。小説ではやはり淡い関係しか少年と結ばない義母も、映画ではいく子とその母に劣らず少年に対して深い慈愛をいだいている。田中絹代という大女優がその義母を演じるのも、この役割の映画に

牧良介と田中絹代

おける重要性を象徴しているだろう。それに加えて、映画では、原作にない同囚の死刑囚たちとの交流が大きな比重で描かれている。同じ獄舎に収監されている何人もの死刑囚たちが、屋外での運動どころか、球技などのレクリエーションまで一緒に行ない、風呂では背中を流し合う。これはもちろん、現実には考えられないことで、前述の座談会でも府中刑務所長がそれに言及して「実際にはありませんね」と語っている。

こうした設定によって、明らかに映画では、少年の孤独と絶望が稀薄にされている。あるいは、それに対する救いが用意されている。当然、観客が獄中での死刑囚や受刑者たちの処遇についていだく観念も、一定の方向へ誘導されることになるだろう。このことは、死刑から無期刑に減刑された少年が脱獄を実際に決行しようする、という映画の結末とも、関連してこざるをえない。死によって救われることを夢見ていた少年は、無期刑になったことに絶望するあまり、ヒロポン中毒患者の一死刑囚の煽動に乗って、死刑囚たちの暴動の先頭に立つ。たちまち鎮圧され捕縛された少年が護

田中絹代と信欣三

送自動車に押し込まれて去っていくのを、ちょうど面会に来たいく子が目撃し、「涙ながらに見送る」という場面で映画は終わる。こうして、少年の絶望と孤独が楽しげな処遇

風景によって稀釈されたばかりでなく、長期刑に絶望する少年の絶望そのものさえもが、いわば人間味あふれる処遇をないがしろにする理由なき不当な反抗であり、矯正を必要とする我儘であるかのように、印象づけられかねないのだ。

　虚構の人物として読者の前に現われた少年死刑囚は、このように、映画化によってさらに虚構としての脚色を加えられることになった。そもそも、少年が殺害したのは何人だったのかに関してさえ、映画は小説から逸脱しているのだ。先に述べたように、小説で同じ日に五人を殺害した少年は、映画では四人を殺すことになっている。この人数の点では、しかし、映画のほうが宮城タマヨの「少

年死刑囚の家」での記述と合致している。彼女は、少年が強盗に入った家の一家四人を皆殺しにした、と書いているからである。だが、少年が殺したのが祖父母と従兄弟夫婦（あるいは叔父夫婦）という親族だったとされている点では、映画は小説を踏襲している。宮城タマヨから話を聞いた小説の作者、中山義秀がすでに、被害者と少年との関係をも、被害者の人数をも、宮城の話とは変え、脚色していたのだった。映画はその一方については原作小説を生かし、もう一方については宮城タマヨの証言を生かしたことになる。

だが、それでは、少年と二度にわたって面会した宮城タマヨの証言は、少年の真実をどこまで伝えていたのだろうか？

「少年死刑囚の家」と題する彼女の文章が、少年死刑囚に対する特別な感情をこめて書かれていることは、一読して読者が気付く点だろう。少年法の改正という重要な課題と取り組んでいた参議院法務委員である彼女が、きわめて特異でかつ典型的なケースであるこの少年死刑囚と面会できた好運を、喜ばなかったはずはない。K刑務所での思いがけない出会いのときから、少年は彼女にとって特別の存在となっただろう。二十代のころから社会問題をテーマとしてきた彼女が、まさに社会問題そのものを一身に体現している少年と出会ったのだ。宮城タマヨの「少年死刑囚の家」の文体は、少年の姿そのものよりも彼女の思いをいっそうよく描いている。

不幸なこの少年は両親を知らずに育ちました。両親にかわって育ててくれた祖父母は、田舎の純朴な老人だったので、少年の性格もあまりひねくれずにおとなしい子となりましたが、残念なことに、性格のよわい、気の小さい子になりました。じいさん、ばあさんに育てられた子によくこんな子があります。また、まちがいの最初もごくささいなことだったのです。しかし、このような恐ろしい結果をうみ出してしまいました。A少年に家がなかったのです。どこの家でも、親の標札が門にはかかっているけれども家の中は、実は、「子供の家」なのです。すべてが子供中心に動いている家であってこそ、子供は育つのです。よい子の家でよい子は育ちます。／私は、少年死刑囚の「家」と、ことさらに「家」と書きつつ、この家なき家に育った悲しいA少年の宿命を思いつづけました。よい子の家になくてはならない、大切な両親がない。貧乏《ママ》で教育もあまりうけられない。不用意に無責任に云い散らされる大人の言葉に、ちぢこまる外にすべがない。それらが因となって支配される子供の運命です。因は果をうみ、果はまた因となって、人間の悲しい運命を仕組んで行きます。そして、遂に可愛いい少年を絞首台の上にまでも立たせねばならぬとは、何という、大人の負わねばならぬ大きい罪なのでございましょうか。

「少年死刑囚の家」の結末のこの文章は、宮城タマヨの思いを切々と語っている。その思いの真実を疑う必要はあるまい。明らかに彼女はこの思いをもってA少年と向き合ったのである。しかし、この文章が個別具体的なA少年を語っておらず、現実のA少年にまで届いていないこともまた、明らかだろう。現実のA少年とちょくせつ接した宮城タマヨのこの文章と並べてみるとき、中山義秀の描く虚構の少年死刑囚の現実性《リアリティ》が、その生い立ちについても、死刑から無期刑に減刑された後の深い絶望についても、あらためて読者の胸に迫ってくる。

3. 死から生へ?――少年死刑囚の虚構と現実

宮城タマヨは「少年死刑囚の家」で、二度目に少年と面会した時期を、「昨年の四月」としている。この文章が書かれ発表されたのは一九五二年春だから、「昨年の四月」とは一九五一年の四月である。同じ文章には、「あの少年と会った日から、一年半ほどたった昨年の正月」という記述があるので、彼女が最初に少年と会ったのは一九四九年の半ば前後だったと推測できる。その最初の面会のとき、彼女に少年を紹介した刑務所長は、「ご存知のように、ここに、十八才に満たない死刑囚がおります」と述べた。その当時、世間一般では年齢は数え年で表わしたが、法律では満十八歳未満が「少年」とされていたので、刑務所長が言った「十八才」は満年齢だったと思われる。もしもそのときまだ満十七歳だったとすれば、少年は一九三二年かその翌年の生まれだったことになる。十八歳というのが数え年なら、生まれたのはさらに後になる。だが、すでに述べたとおり、小説『少年死刑囚』では、少年は一九三一年一月の生まれとされているのである。もちろん、小説は少年の年齢についても実在のモデルとは異なるように脚色したという解釈も、充分に成り立つだろう。しかし、私がさまざまな検討を重ねた結果を結論的に言えば、宮城タマヨが刑務所長の言葉として引用した「十八才に満たない死刑囚がおります」という一句は、刑務所長の言葉を忠実に再現したものではなく、「十八歳未満で死刑判決を受けたあの死刑囚」という意味ではなかったか、と考えられるのだ。そう考えるほうが、小説のモデルとなったと思われる実在の少年死刑囚と合致するからである。

モデルとなった少年死刑囚と思われる実在の人物は、「少年犯罪データベース昭和22年

(1947)の少年犯罪」というWEBサイト(http/kangaeru.s59.xrea.com/22htm)を始め、インターネット上のいくつかの情報に登場している。「鹿児島雑貨商殺害事件」と呼ばれる事件の犯人である当時十七歳(数え年)で無職のその少年は、一九四七年十二月十八日、鹿児島市の雑貨商宅に侵入して、四十一歳の主人と五歳の長女の頭をめった打ちにして殺害し、三十一歳の妻に瀕死の重傷を負わせたうえ、現金三千四百円と衣類などを奪い、証拠湮滅のため放火して逃亡、屋久島に渡ったが逮捕されたのである。(殺されたのは主人夫婦、重傷を負ったのは娘としているサイトもある。)少年は、横浜市の関東学院中等部二年のとき、窃盗を犯したために中退となり、軍関係の仕事に就いたが一ヵ月で逃走して、窃盗や強盗を重ね、敗戦直前の一九四五年七月十七日に軍法会議で有罪判決を受けて刑務所送りとなったのち、敗戦後の一九四七年十一月二十三日に刑期半ばで仮出所していた。それからわずか一ヵ月も経たない十二月十八日に、鹿児島市で強盗致死傷と放火の罪を犯し、一九四八年三月七日の一審判決で死刑を宣告された。第二審の福岡高裁も同年十一月二十九日に死刑判決を下したが、新少年法の施行(一九四九年一月一日。公布は四八年七月十五日)にともなう恩赦で一九四九年四月六日に無期懲役に減刑された。

被害者の人数や加害者との関係は別として、少年の年齢も殺人に至るまでの履歴も、いわゆる前科も、小説『少年死刑囚』の主人公とぴったり一致している。

実在のこの少年が『少年死刑囚』のモデルだとすれば、宮城タマヨが少年と初めて面会したのは、一九四九年四月六日に彼が死刑から無期刑に減刑されるまさに直前だっただろう。「まもなく刑を執行されることになっていますが」というK刑務所長の言葉にもあるように、あすにも処刑されるかもしれないところに少年は立っていたのである。映画『少年死刑囚』では、死刑執行命令が下されて少年が処刑室に連行されていった直後に、恩赦を知らせる電話が所長にかかってくる――という設定になっている。電話が数分遅ければ、死刑は執行されていたわけだ。

けれども、まさに死の瀬戸際から生還したこの少年のモデルが「鹿児島雑貨商殺害事件」の少年だったというのは、いわば状況証拠による結論でしかない。残念なことに、現実の事件にさらに肉薄する私の試みは、いまのところ成功していない。事件当時から恩赦までの時期の新聞を調べた結果は、徒労に終わった。少なくとも全国紙には、この事件についての直接の報道はなかった。まだ夕刊が復活していないその時代に、新聞は朝刊だけで、しかも二ページ、つまりA2判の裏表一枚がすべてだった。現在の新聞は四ページで一枚になっているのが普通だが、それを半分にしたものの両面である。文字は今よりずっと小さいとはいえ、掲載できる記事はごく限定されていた。そのうえ、いわゆる凶悪事件が巷にあふれていた敗戦直後のその時期は、センセーショナルな事件に事欠かなかった、とも言えるだろう。

事件を報じた記事はついに入手できなかったが、そのかわりにきわめて興味深い一つの記事を発見することができた。それは、一九四九年四月二日の『朝日新聞』が第二面トップに掲載した「犯罪の半分は青少年／二分間に一件の割／来週　国会へ防止決議案」と題する六段取りの記事である。

殺人、傷害、強窃盗、放火、タカリなど春とともに目立ってふえてきた青少年犯罪の防止について、衆議院法務員会は法務省等から関係資料の提出を求めて検討を加えていたが、その結果、昨年の統計によると八歳から二十五歳までの青少年層の犯罪は二分間置きに一件の割合で発生、今後さらに増加の傾向にあることが判明した。しかし一方先ごろ放火脱走事件を起した東京少年観護所をはじめ、各地とも収容所の施設が不完全な実情にあるため、来週早々の議会に各党共同提案の「少年犯罪防止」に関する決議案を提出、政府の強力な対策を要望することになった。法務省少年矯正局の調査による八歳

から二十五歳までの犯罪の実相をのぞいてみよう

こういう導入文《リード》のあと、記事は青少年犯罪に関する具体的な数字を挙げて実情を伝えている。それによれば、青少年犯罪の発生件数は「日華事変」が始まった一九三七年には四万六千件、「敗戦」の一九四五年でさえ八万二千件に過ぎなかったのに、「その後は毎年激増する一方」で、昨年（四八年）には、犯罪総件数五二万の半数を占める二五万件に達した。一昨年（四七年）の臨時国勢調査によれば、八歳から二十五歳までの青少年は二九四〇万人なので、「この世代には百十余名に一人の〝恐るべき子供たち〟がいるという計算になる」。これらの青少年犯罪は、一日平均にして約六八〇件、「二分ごとに全国各地のどこかで何かしらの犯罪が行われていることになるが、この数字には青少年犯罪の多いマーケットや盛り場を舞台とするチンピラ不良のタカリが加算されていないので、これを含めれば犯罪件数はまだまだ増大するものと見られる」と記事は述べている。

この記事のすぐ下に、「小学生窃盗団　池袋駅を荒らす」という見出しで、小学生十二名と中学生一名など十五名からなる少年窃盗団が池袋署に検挙されたという記事がある。少年たちは、省線（国有鉄道）池袋駅構内に置かれていた保線用の銅板、銅線など二万二千円相当を盗み出し、屑屋（廃品回収業者）に売り払っていたが、「売上金の分配で母親たちが口論したのを同署が聞込み、検挙になったもの」だった。こうした記事が掲載されているのは、少年死刑囚のモデルと思われる少年が思いがけず無期刑に減刑された日よりわずか四日前の新聞である。少年は、ここに報じられているような社会状況のなかで彼の罪を犯したのだった。若年者の犯罪をめぐるこの社会状況は、国会でも問題とされ、強力な対策が政府に求められようとしていた。「犯罪の半分は青少年」の大見出しを掲げた前述の記事が、その最後につぎのような数行を記しているのは、注目に値する——「なお委員会（衆議院法務委員会）では「青少年の犯罪に温い手を差しのべるよりは、手のつけられぬ不良児をまず隔離するのが先決問題だ」との強硬意見も出て来ている」。

こうした意見が顕在化する状況のなかで、宮城タマヨの少年死刑囚との面会が行なわれ、その様子と彼女の「温い」思いとが一つの証言として公表されたのである。このことの意味は、きわめて大きい。だが、死刑から無期刑に減刑された少年が、このような社会状況と、「まず隔離するのが先決問題だ」という「強硬意見」の擡頭のなかで、果てしない刑期に向かって歩み始めねばならなかったという現実を、私たちは忘れるわけにはいかないだろう。

Ⅲ．死刑と無期刑をめぐって

1．死刑囚と無期囚の心理――その一

無期刑に減刑されたのち二年を獄中で過ごしてきた少年は、その深い絶望を二度目の面会で宮城タマヨに訴えた。「この若さで一生涯刑務所生活をし、味気ない自分の好きでもない作業を、これから死ぬまでつづけて行かなければならないということは、いかにつらいことか、つまり、いやでも応でも終身、刑務所の生活をして死んで行かねばならないことは、一思いに死んでしまうより、どんなに苦しいことか、ちぎれちぎれの言葉で綴って、私に訴えました」と、宮城は記している。宮城タマヨが代弁した少年の訴えを、中山義秀の小説『少年死刑囚』は、言葉によってではなく少年の姿として、いっそう具象的に描いた。小説の結末で、女性国会議員との二度目の面会を終えた少年は、「とにかく私は、うんと仕事をします。それによって幾分でも、現在の苦痛を忘れるように致しましょう」という言葉を残して、「暗い未来におしつぶされたように、うなだれよろめき

ながら獄内へ消えて行った」のだった。

ごく単純に比較すれば、死刑よりも無期懲役のほうが刑罰としては軽い。裁判所が死刑か無期懲役刑かを判断し決定するさい、しばしば「あらゆる情状を酌量しても死刑は止むを得ない」というような文言が用いられるのを見ても、死刑をもっとも重い刑罰と考えているることがわかる。また世間一般にもそう考えられていると言ってさしつかえないだろう。だが、小説の結末における少年の絶望的な姿から、はたして無期刑は死刑よりも軽い刑罰なのかどうかについての疑問が胸に兆す読者もあるに違いない。それはもはや、死んで極楽へ行くことを夢見ていた少年が偽りの夢を奪い取られたがゆえにいだく絶望ではない。少年は過去の夢との対比で無期刑の自分を嘆いているのではないのだ。かれは無限の未来を見つめて絶望しているのである。彼はそうと意識せずに、すでに無期囚の心理を語っている。

獄中の死刑囚と無期囚がどのような心理、あるいは精神状態に陥るかについての研究として、現在もなお類書の追随を許さぬ優れた価値を持ちつづけているのは、精神科医の小木貞孝《こぎさだたか》が一九七四年十二月に上梓した『死刑囚と無期囚の心理』（金剛出版）である。死刑囚と無期囚の精神的な症状を究明する小木の基本的な研究姿勢は、「一般的方法についていえば、人間の精神にかんするかぎりもっとも異常なものは正常なものを拡大して示すという公準にしたがいたい」という言葉に集約されている。この原則を彼は本書の二ヵ所で述べているが、この原則こそは、現在では一般的とされている「受刑者」という用語ではなく「囚人」という「すぐれた言葉」（小木）を彼が用い、拘禁する側の人間を例えば刑務官、看守などという限定的な名称ではなく「拘禁者」と呼ぶ根拠にもなっている。すなわち彼は、一方の極に位置する「強制収容所抑留者」（ナチスによる）の拘禁反応と、刑務所や拘置所の「一般拘禁状態」における「異常体験反応」とを、それぞれともに「囚人」の反応としてとらえ、それらを考察することによって、いわば「正常」な人間の心理が「囚人」となることでどのような「異常」心理として表われるかを、明らかにしようとするのである。精神医学に関してはまったくの門外漢である私なりに解釈すれば、小木貞孝のこの姿勢は、自然主義文学が人間の生きかたを決定する二つの要因と考えた遺伝と環境のうち、環境が人間に及ぼす作用を決定的に重視するものであり、その小木の研究成果は、『少年死刑囚』という小説作品を読むうえでもあらためて大きな示唆を与えてくれるのである。

『死刑囚と無期囚の心理』の表題となっているテーマについては、全六篇の論文からなることの本の随所で、とりわけ「死刑確定者と無期受刑者の研究」、「拘禁状況の精神病理」などの諸論文において詳細に論じられている。それらのうち、とりわけ巻頭に置かれた「拘禁反応の心因性」と題する論文は、著者自身が「死刑囚と無期囚、さらにその後おこなった累犯受刑者や長期囚の研究を基礎にして、拘禁反応全般についての総合的な考察をしたもので、本書の要約と解説をかねている論文である」と述べているとおり、著者の研究結果を簡潔かつ明快にまとめている。それゆえ、ここではそれに即して小木の論旨をたどっていきたい。（以下、小木貞孝の論文に即した記述のうち、丸カッコ（ ）でくくった文言は、小木の文章または語句の引用中にそれがある場合を除いて、すべて私＝池田による補足説明または解釈である。なお、小木は論文で「私たち」という複数一人称を使っているが、以下の解説においてはすべて「彼」または「小木」とする。小木からの引用以外での「私」という表記は、解説の筆者＝池田を意味している。）

「拘禁反応の心因性」と題する論文で言われている「心因」とは、「体因（内因や器質因）とともに、ある精神異常状態の病因を想定している言葉」である。つまり、心因とは心的体験（人間の心理・精神面における体験）を意味し、心因反応とはその体験による刺激に対して表われる反応である。だが、心的体験をする人間はある「準備要因」をもっている。

それゆえ、「ある準備要因すなわち体質、素質、心的発達などをもった人間が、心的体験、すなわち環境からの作用をうけそれに反応するという力動的な見かた」が臨床的に広く受け入れられている。小木もまた、「準備要因＋心的体験＝心因反応」という公式を念頭に置いて「拘禁状況における精神異常」に注目し研究を始めたのだった。小木が念頭に置いていたことを裏返して言えば、個々の受刑者が同様の心的体験を受ける場合でも、それぞれが持つ準備要因が異なる以上、それぞれの心因反応は異なるはずだ、ということになるだろう。「けれども、私たちが研究をすすめていくうちにこの図式だけでは解決できない現象に出あうようになり、拘禁反応の心因性という問題を根本から考えなおさねばならない仕儀になった」のである。

小木は、死刑囚（死刑確定者）四四名、無期囚（無期受刑者）五一名、および重罪被告（死刑か無期刑になるおそれのある未決勾留の被告）五〇名を比較検討することから始めた。まず彼を驚かせたのは、これらの囚人においては、それ以外の一般受刑者と比べていわゆる拘禁反応の発現率が非常に高かったことである。「拘禁反応」とは、刑務所や拘置所に身を置く囚人が示す精神的な反応（つまり症状と言ってもよいだろう）である。「監獄爆発」といわれている原始的爆発反応（あまりにも強い心的体験のために精神機能全体の統制が失われて突発的・衝動的な感情の爆発を起こす）、レッケの昏迷（危険に遭遇した蜘蛛や昆虫などが死んだようにまったく動かなくなるのと同じ反応）、ガンゼル症状群（少しずれた応答や道化じみた所作をする）、ビルンバウムの妄想様構想（被害妄想・被毒妄想や血統・発明に関する誇大妄想など。自己の無罪の絶えざる訴え、不機嫌、拒食、自殺企図、等々を前駆現象とすることもある）などの顕著な反応のほか、朦朧状態、ヒステリー、気分変調、犯行時の行動に関する健忘、他人から無実の罪を着せられたという無罪妄想、等々がある。ところが、これらの反応が一般受刑者では〇・一六％に見られたのに対して、死刑囚で六一％、無期囚では七一％、重罪被告で六八％に昇ったのだった。まだ未決の重罪被告における高い数値の理由として、小木は、重罪被告が一般に長期にわたって拘禁されているという点を指摘している。

ところで、重罪被告たちは判決によってあるものは死刑囚に、あるものは無期囚になるのだが、「ここで彼らの拘禁反応は大きく二つの様態へと分化していく」のである。「すなわち死刑囚の、どちらかといえば重罪被告の拘禁反応の継続とみられる活発で動きの多い病像と、無期囚の慢性で動きの少ない心気的訴えや抑うつ性の神経症状態や感情鈍麻（いわゆる prisonization または Zermürbung）との二つの方向に分かれていくのである。」──ここで、死刑囚と無期囚とでは拘禁反応において対照的な違いのあることが、簡潔に示唆されている。そしてこの差異は「彼らの素質的諸要因、つまり前述した準備要因の差異にもとづくものではないということを私たちは強調しておきたい」と小木は述べて、つぎのように続けている。「そういいきれるために、私たちは準備要因として考えられるかぎりの諸要因を検討してみた。年齢・遺伝負因・既往歴・犯罪生活曲線・犯罪の手口と動機・欠損家庭・貧困家庭・家庭のしつけ・学歴・職業歴・結婚歴・体型・性格のすべてにわたって、両群に顕著な差は認められなかった。つまり、両群の囚人において準備要因はほぼひとしいとみなされたのである。したがって、死刑囚と無期囚の病像の差は、いつにかかって心的体験、とくに拘禁状態におかれてから現在までの心的体験に求めねばならなくなる。」

死刑囚と無期囚との間で拘禁反応に著しい差異があることが明らかにされ、しかもその差異は両者における準備要因の違いによるものではないことが検証されたとすれば、その差異は、死刑囚と無期囚とがそれぞれの現実のなかでする心的体験によって生じたとしか考えられない。すなわち、この差異は、死刑という刑罰と無期刑という刑罰が、それぞれどのような特有の心的体験を囚人に強要し、どのような精神的・心理的影響もしくは作用をそれぞれに及ぼすかを、あらためて私たちに考えさせずにはいない。『少年死刑囚』の主人公が死刑を待ちわびたときの気持ちと、無期刑に減刑された後の絶望を、私たちが具体的に思い描き理解するうえでも、これを考えることは重要な意味を持っている。

2. 死刑囚と無期囚の心理——その二

では、死刑囚と無期囚はそれぞれどのような拘禁反応を示し、それらはそれぞれどのような心的体験によって生み出されているのか？——小木貞孝の論考を要約すれば以下のようになる。

「死刑囚の拘禁反応は、いわば重罪被告のそれの継続発展といったおもむきをそなえ、原始反応から反応性妄想にいたる拘禁反応の種々相を示している」が、重罪被告と違う特徴として「反応性躁状態」が挙げられる。死刑囚の場合、「囚人は騒々しく、多弁で、歌い、笑い、冗談をとばし、まったく抑制を欠いて興奮しつづける。看守に対しては一見従順であるが、ときにはかなり思いきった反則を行う。〔……〕軽い躁状態ですこし多弁な人という印象を受けるだけのものもいる」。この反応性躁状態において特異な点は、外界の影響を受けて変わりやすく、ときにはかなり容易に鬱状態に変化しうることであり、この変化が急激な場合は躁状態と鬱状態が同時に起こることもある。この混合状態のとき、死刑囚は多弁多動でありながら苦悶・悲哀の表情を示したり、笑いながら泣く。このような拘禁反応を惹き起こす死刑囚の心的体験について、小木は以下のように述べている。

死刑囚の拘禁反応は、刑の執行と切りはなして考えることはできない。彼らは死刑の判決が確定した瞬間より、不断に刑の執行におびえる。わが国では、死刑の執行は日曜・祭日以外の週日の午前一〇時ごろに行われるが、執行の予告は、その数時間前になされるのがふつうである。したがって、午前一〇時までになにごともなければ、死刑囚は翌日の午前一〇時までは生きられる希望がある。こうして彼らの生は、毎日、二四時間（週日の場合）から四八時間（日曜・祭日の前日の場合）に限定されてしまう。彼らの拘禁反応、ことに躁状態を中核とするテンポの早い、激烈な反応は、この状態から了解しうる。たとえば、ある死刑囚は、躁状態の興奮状態から、しだいに、不機嫌を混えた躁状態へ移行し、ついで躁うつ両病相の混合状態へと変っていったが、注目すべきはこれらの基底にある躁的気分が私たちにかなり了解しうることである。まず独特な時間体験がある。〔……〕この時間体験の特徴はなによりも体験された時間が極度に圧縮されており、残った人生に対する態度が躁的反応以外の何物でもありえないことを示している。なおこの死刑囚は、身近な死刑執行に対する軽薄な態度もみられ、拘禁中カトリックの洗礼をうけながら、神父の悪口をいい、誇大的で多弁多動である。しかし、このような躁状態は状況によって抑制可能で、神父の教誨の際にはしんみりとした態度で「鉄格子をみても、十字になっているところが神の十字架を連想させられ、深く考えさせられます」といったりしている。」

一人の人間の生が、毎日、二十四時間か四十八時間に限定されてしまうということが、死刑によってその生が十数分または数十分で断ち切られることと比べて、よりいっそう残虐かどうかについては、異なる意見がありうるだろう。私はとりあえず、この小木の論考内容が『少年死刑囚』の主人公ともまったく無関係ではないということを確認しておきたい。少年と面会した宮城タマヨを感動させた思いがけない少年の明るさ、活発さは、小木の指摘している死刑囚の躁状態、残されたわずかな人生に対するときの躁的気分と、はたして無関係だったのだろうか。浄土真宗に帰依した少年は、カトリックの洗礼を受けた死刑囚が「しんみりした態度」を示すときの姿を、教誨師や面会者の前で見せていたのではなかったのだろうか。

ちなみに、小木がここで実例として言及している死刑囚は、一九五三年七月に東京銀座のバーで起きた殺人事件、いわゆる「バー・メッカ殺人事件」〔被害者は一人〕の犯人として死刑を宣告され、一九六九年十二月に処刑された正田昭《しょうだあきら》〔事件当時は二十四歳の慶応大学生だった〕であると思われる。彼は、加賀乙彦の長篇小説『宣告』〔一九七九年二月、新潮社〕の主人公のモデルとしても、多くの読者の脳裡に刻まれた死刑囚である。東京拘置所の医官としてこの正田昭とじかに接触した精神科医・小木貞孝は、作家・加賀乙彦の本名にほかならない。

では、無期囚の場合の拘禁反応はどのような表われかたをするのだろうか。小木はつぎのように記している。

さて、死刑囚の拘禁反応に比べると、無期囚の示す反応は、これがかつて重罪被告として死刑囚と同じような傾向の反応を起こしていたとは思えないほど異なっている。とくに、彼らの大部分にみられるプリゾニゼーション〔感情鈍麻＝池田註〕は、馴れた刑務所職員なら、長期囚特有の刑務所ぼけの状態としてすぐみわけがつく。この状態は感情麻痺と退行の二つに分けられる。無期囚は拘禁状況の特殊なタイプにはまりこみ人間的な自由さを失ってしまう。彼らは外部との接触をなるべく少なくしようとし、感情の起伏はせまく、すべてに対して無感動である。施設側の役人に対しては従順そのものであり、矯正労働や厳格な規律には唯々諾々と従う。身のまわりの些事に視野や関心が集中し、単純な生活に飽きることがない。さらに、子どもっぽい状態への退行がみられる。これは自主性の欠如と拘禁者への依存傾向に認められる。この状態はそもそも拘禁状況において、職員が囚人を幼児的に取り扱うことから了解されよう。刑務所においては大家族のなかの子どものように全員が一様な待遇をうけ、全員がある特定の人物を尊敬するように強制される。家族のなかの子どもがそうであるように、食物・住居・衣類などがもはや個人的問題とされず権威によって外部よりあたえられる。金銭・排泄までも制限され監視される。すなわち幼児的退行は、この特殊な状況への順応そのものとみなされるのである。

ここで示されている無期囚の拘禁反応は、小木が慎重に言葉を選んで述べていることからもわかるように、狭い意味での刑務所だけに現出する現象ではない。刑務所での現実だけに限った問題ではない。たとえば、ナチスの強制収容所に監禁された囚人たちは、なぜ、ユダヤ人ばかりでなく政治犯たちまでもが、きわめてわずかな例外を除いて収容所内で叛乱や暴動を起こさなかったのか。あるいはまた、なぜ私たちはいわゆる全体主義国家に囚人のように生きることを拒否するのか。ここで小木が報告しているような生きかた、いや生かされかたこそは、人間としての尊厳に対するもっとも根本的な冒瀆ではないのか。

「無期囚では、刑の終了が事実的にない。現行の累進処遇令では、無期囚といえども所内の行状がよければ十数年後に仮釈放の恩典をうける場合がある。しかしこの場合でも無期囚としての身分は一生を通じて変わらないし、どんな微罪をおかしたとしても、ふたたび無期囚としてながい拘禁生活をおくらねばならないのである。彼らの、慢性で単調な神経症状態やプリゾニゼーションは見方をかえてみればこの「灰色の未来」にぬりつぶされた状況における反応とも表現できよう。」——小木貞孝のこの指摘には、あの少年死刑囚も体現していた無期囚の絶望の根拠もまた示されている。小木はさらに、少年のその後を予言するかのように、「私たちは、長期囚や無期囚の慢性化した単調なプリゾニゼーションが人格そのものを変えてしまうのではないかと思われる症例〔……〕によく出会ったし、無期囚で仮釈放になったものが社会生活にまったく適応しえず、ふたたび

［資料1］無期受刑者の在所期間（平成22年末）

平成22年末在所期間(年)		受刑者数	比率	平均年齢(歳)
10年未満	0-10	974	54.2%	48.3
10年未満		974	54.2%	48.3
10年以上	10-20	371	20.7%	56.3
	20-30	354	19.7%	62.1
	30-40	73	4.1%	65.4
	40-50	17	0.9%	70.1
	50以上	7	0.4%	76.4
10年以上小計		822	45.8%	60.1
総計		1,796	100.0%	53.7

備考　在所期間ごとの比率は、小数第2位を四捨五入して表記しているため、合計で100.0%とならない場合もある．

拘禁されたいために犯罪をおかした例もみた」とも述べている。

ところで、小木は、「十数年後に仮釈放の恩典をうける場合がある」ことに言及していた。たしかに、日本国の現行「刑法」はその第二八条（仮出獄）で、「懲役又は禁錮に処せられた者に悔悛の状があるときは、有期刑についてはその刑期の三分の一を、無期刑については十年を経過した後、行政官庁の処分によって仮に出獄を許すことができる」と定めている。このことに関して、法律の門外漢である私は、門外漢の責任において、二つの事実を指摘しておかなければならない。

一つは、「殺人などの重罪を犯して無期懲役になっても、十年なり十五年なりで出てこられるのだから」という言いかたが、しばしば死刑を肯定する意見と結びついてなされることに関してである。法務省が公表している「無期刑受刑者在所期間（平成二二年末）と題する統計資料（別掲の資料1）によれば、調査対象（その年における無期囚の総数）一七九六人のうち、一〇年以上の在所者は八二二人で、全体の四五・八％である。ところが、同じく法務省の「無期刑受刑者に係る仮釈放審理状況」という統計（別掲の資料2）は、「以下の表は、平成一三年から平成二二年一二月までの間に審理が終結した一六二件について、無期刑受刑者の仮釈放審理に関する記録に基づき、調査を行い、その結果をまとめたものです」というコメントを付して一六一名の無期囚についての審理結果を明らかにしているが、その調査対象となった一六二名の「平均在所期間」は、三二・〇年である。法務省の公表データによれば、二〇一〇年末現在の全国における受刑者の総数は六万三九四五人（うち女性は四六四六人）で、無期囚はそのうちの一七〇〇人である。つまり、「資料2」に挙げられている無期囚は、無期囚総数の一割弱に過ぎない。それにもかかわらず、彼らの「平均在所期間」が三二・〇年であるという数値は、意味を持っている。なぜなら、同じく法務省の「無期刑受刑者の推移」と題する公表データによれば、二〇一〇年の年末現在で同年の一年間に仮釈放された無期囚七人の平均在所期間は、三五年三ヵ月だからだ。仮釈放の審理対象となった一六二人のうちそれが認めら

［資料2］無期受刑者に係る仮釈放審理状況（平成13年～22年）

	判断年	判断結果	判断時年齢	判断時在所期間	主な罪名（殺人）	（その他）	被害者数	うち死亡者数
118	平成22年	許可しない	60歳代	34年7月	殺人		2人	2人
119	平成22年	許可しない	60歳代	37年10月	強盗致死傷	強盗強姦・同致死	2人	1人
120	平成22年	許可しない	60歳代	40年7月	強盗致死傷	強姦・同致死傷	5人以上	1人
121	平成22年	許可しない	60歳代	43年4月	殺人	強姦・同致死傷	4人	1人
122	平成22年	許可しない	60歳代	45年2月	殺人	その他	1人	1人
123	平成22年	許可しない	70歳代	32年11月	強盗致死傷	強盗強姦・同致死	2人	1人
124	平成22年	許可しない	70歳代	32年2月	強盗致死傷	その他	2人	1人
125	平成22年	許可しない	70歳代	34年11月	殺人		2人	2人
126	平成22年	許可しない	70歳代	42年0月	強盗致死傷	強盗強姦・同致死	2人	2人
127	平成22年	許可しない	70歳代	51年7月	殺人	その他	4人	2人以上
128	平成22年	許可しない	70歳代	53年11月	強盗致死傷	強盗強姦・同致死	5人以上	1人
129	平成22年	許可しない	70歳代	54年7月	殺人		2人	2人
130	平成22年	許可しない	70歳代	55年1月	殺人	その他	2人	1人
131	平成22年	許可しない	70歳代	60年10月	強盗致死傷	放火	3人	2人以上
132	平成22年	許可しない	60歳代	31年9月	殺人	強姦・同致死傷	3人	2人以上
133	平成22年	許可しない	70歳代	41年3月	殺人	強姦・同致死傷	4人	1人
134	平成22年	許可しない	70歳代	51年11月	強盗致死傷	その他	2人	1人
135	平成22年	その他	60歳代	30年10月	強盗致死傷	その他	3人	1人
136	平成22年	許可	60歳代	30年2月	強盗致死傷	その他	5人以上	1人
137	平成22年	許可しない	50歳代	30年11月	強盗致死傷	その他	4人	2人以上
138	平成22年	許可しない	50歳代	31年11月	殺人	強姦・同致死傷	3人	1人
139	平成22年	許可しない	50歳代	35年2月	殺人	強姦・同致死傷	5人以上	2人以上
140	平成22年	許可しない	60歳代	31年0月	殺人	強姦・同致死傷	3人	1人
141	平成22年	許可しない	70歳代	29年5月	強盗致死傷	その他	2人	1人
142	平成22年	許可しない	50歳代	31年1月	強盗致死傷	強盗強姦・同致死	5人以上	1人
143	平成22年	許可しない	60歳代	30年2月	殺人	強姦・同致死傷	5人以上	1人
144	平成22年	許可しない	60歳代	30年5月	強盗致死傷	強姦・同致死傷	3人	1人
145	平成22年	許可しない	60歳代	31年10月	殺人	その他	1人	1人
146	平成22年	許可しない	60歳代	33年3月	強盗致死傷	強盗強姦・同致死	5人以上	1人
147	平成22年	許可しない	60歳代	34年6月	強盗致死傷	その他	5人以上	1人
148	平成22年	許可しない	70歳代	35年7月	殺人	その他	5人以上	2人以上
149	平成22年	許可しない	80歳代	30年8月	殺人	強姦・同致死傷	5人以上	1人
150	平成22年	その他	70歳代	37年11月	殺人	その他	2人	1人
151	平成22年	許可しない	50歳代	31年10月	強盗致死傷	放火	1人	1人

れなかった圧倒的多数は、つまり三五年三ヵ月より三年以上も在所期間が短かったというわけだ。十年か十五年で仮釈放どころか、無期囚は三分の一世紀でもまだ囚人としての期間が短いのである。

もう一つは、現行の「無期懲役」の代わりにいわゆる「絶対終身刑」を導入すべきだとする見解が、多くは死刑廃止の意見と結びついて示されることに関してである。この見解は、しばしば、たとえば死刑制度を廃止するドイツなどでは死刑に代わる「絶対終身刑」を定めていることを指摘して、死刑を廃止した場合のたとえば「被害者感情」もこれによって癒されるはずだ、という意見を付して示されることも多い。ところが、これはまったく根拠のない、事実に反する見解なのである。ドイツについて言えば、「ドイツ連邦共和国刑法」の第五七条a（終身刑における刑余期間の執行停止）は、「つぎの場合には裁判所は終身刑の残余の執行を猶予する」として、「1．服役期間が一五年に及んだ場合。2．受刑者の罪が特に重大で執行の継続はやむを得ない、というのではない場合」などの条件が満たされれば仮釈放されることを、明記しているのである。そして現実に、一九七〇年代に世界を震撼させた「西ドイツ赤軍」派などのいわゆる「テロリスト」たちが、二十一世紀の初頭ごろから、あいついで終身刑の執行を中断して仮釈放されている。ドイツの終身刑についての誤解が生じたのは、ドイツ語で「終身禁固刑」を表わす〈lebanslange Freiheitsstrafe〉が直訳すれば「一生涯にわたる自由剥奪刑」という意味だからだろう。刑罰の名称はそうであるとしても、現実には日本の「無期懲役刑」と変わらないのである。

だが、この誤解を正すこと以上に重要なのは、小木貞孝が明らかにした無期囚の現実、まず心理・精神の面から人間を破壊し、人間から人間性を奪う無期刑の残虐さを、私たちが直視することではあるまいか。みずからが犯してしまった重大な罪を、囚人という状態のままでつぐなうことはできない。つぐないがありうるとすれば、それは社会の現実のなかで、他者と関わりながら新たな自分を発見し再形成することによってしか、ありえない。果てしない拘禁を前にすることによってこころを破壊された無期囚が、その拘禁のなかで新しい自分を発見し、みずからの罪と向き合うことなど、どうしてできようか。このこころの破壊は、肉体の破壊とも無関係ではないはずであり、人間存在の総体を破壊するものであるはずだ。人間存在の破壊が刑執行の目的であるなら、無期囚はその目的が達成されたことを身をもって証明しているのである。

3．少年死刑囚のその後

『死刑囚と無期囚の心理』に収められた「長期受刑者の犯罪学的・反則学的研究」と題する論文のなかで、小木貞孝は長期拘禁についての先行研究に言及して、「これらの諸研究に一致した見解は、長期拘禁とくに無期拘禁が人間の精神生活に深い影響を与えるということである」と確認したうえで、無期囚の示す反応経過を三期に分けたリープマンの研究を紹介している。「第一期は拘禁初期で、強い興奮または陰うつの時期、第二期は刑務所という環境の破壊的な力に対する闘争を通じて恩赦への希望の時期、第三期は希望を断念することから情意活動が鈍麻し、囚人という自動人形から廃人に陥る時期」だという（傍点は引用者による）。そうだとすれば、第三期を生きる囚人はたとえ肉体は生きていても、もはや精神においては死者に等しい存在と言えるかもしれない。だがもちろんこれは、囚人が第三期まで肉体的に生きた場合であって、すべての囚人がそれまで肉体的に生きるとは限らないだろう。小説『少年死刑囚』のモデルとなった囚人は、どうなったのだろうか？

状況証拠からすれば小説中の少年死刑囚のモデルに違いないと思われる無期囚は、じつは、前掲の「無期刑受刑者に係る仮釈放審理状況」と題する法務省の公表データ（別掲の資料2）に登場しているのである。この一覧表に登載された一六二人の無期囚は、二〇〇一年から二〇一〇年までの十年間に仮釈放の可否を審理する対象となったのだが、そのうち131の番号の受刑者がかつての少年死刑囚と思われる人物である。表によれば、この受刑者の仮釈放審査がなされた「判断年」は「平成二二年」（二〇一〇年）、「判断結果」は「許可しない」、「判断時年齢」は「七〇歳代」で、「判断時在所期間」は「六〇年一〇ヵ月」となっている。彼の「主な罪名」は「強盗致死傷」および「放火」で、「被害者数」は「三人」、「うち死亡者数」は「二人以上」である。すでに述べたとおり、「鹿児島雑貨商殺害事件」の当時数え年で十七歳の少年は一九三一年生まれなので、二〇一〇年の時点では満七十九歳であり、満八十歳を目前にしながら辛うじて「七十歳代」ということになる。犯罪に関する項目も鹿児島の事件とぴったり一致している。

宮城タマヨとの二度目の面会を無期囚として終えたのち、少年は、少なくとも八十歳を目前にするときまでは、生き続けたのだ。現在もなお存命中かどうかを確認するため、この解説を書き始めた三月十五日に、インパクト出版会の深田卓氏を通じて国会議員の福島瑞穂さんに法務省への問い合わせを依頼した。それに対する法務省矯正局成人矯正課のY

氏からの返答は、個人情報の保護を理由とする「答えられない」の一点張りだった。ただ一つ、これも前掲した「無期刑受刑者の在所期間」と題するデータ（別掲の資料1）のうち、在所期間が一〇年以上の「五〇以上」欄の人数が「七」となっているのは誤りで「八」が正しい、ということが伝えられた。いずれにせよ、二〇一〇年の時点でかつての少年は六十年十ヵ月の歳月を囚人として、無期囚として、生き続けたのだ。小木貞孝が明らかにした無期囚の拘禁反応を、彼だけが免れたはずは到底ありえないだろう。

ところが、さらに驚くべき痕跡を、少年死刑囚は残していたのである。

二〇〇一年六月に新興医学出版社から『司法精神医学研究――精神鑑定と矯正医療』という一冊の本が刊行された。編著者は林幸司、共著者は古賀幸博・松野敏行・藤丸靖明で、彼らはいずれも「北九州医療刑務所」に所属する医師である。この本の第一部に、「Ⅶ・精神障害無期囚について」という松野敏行の研究報告論文が収められている。論文の冒頭で松野は、「法務省矯正局の発表によれば、我が国の無期囚は九六〇余名（平成一〇年末）であり、そのうち平成一一年四月現在で三〇年以上在監している者は四〇名である。さらにそのなかで四五年以上に及ぶ者が四名である。これらの長期にわたって収監されている無期囚のうち、かなりの数が精神障害に罹患し、筆者の所属する城野医療刑務所

［資料3］城野医療刑務所に在所中の30年以上服役している精神障害無期囚一覧（平成11年4月1日現在）

症例	年齢	服役期間	診断	罪名
A	60歳代後半	約50年	精神分裂病	強盗殺人等
B	80歳代前半	約50年	神経梅毒	強盗殺人
C	60歳代後半	約45年	精神分裂病，脳梗塞後遺症	強盗殺人等
D	60歳代後半	約45年	精神分裂病	殺人
E	60歳代後半	約45年	精神分裂病，覚醒剤中毒後遺症	殺人
F	60歳代後半	約45年	精神発達遅滞，拘禁反応	強盗致死，強姦等
G	60歳代前半	約40年	精神分裂病	殺人等
H	70歳代前半	約40年	精神分裂病	強盗殺人等
I	80歳代前半	約40年	老人性痴呆	強盗強姦，不法監禁等
J	60歳代後半	約40年	精神分裂病	強盗殺人
K	60歳代前半	約30年	精神発達遅滞，拘禁反応	強盗殺人等
L	50歳代後半	約30年	てんかん	強姦致死，殺人等
M	50歳代後半	約30年	精神発達遅滞，拘禁反応	強盗殺人

林幸司ほか『司法精神医療研究』より

〔北九州医療刑務所の旧名〕に在所している」と述べている。松野が挙げている数字が、いずれも二〇一〇年現在の数値と比較して少ないことが印象的だが、在監期間が長期にわたる無期囚のうちのかなりの数が精神障害にかかっているという事実の深刻さが、松野のこの報告の背景にあったことは想像に難くない。

松野の報告の主眼は、それらの精神障害無期囚の症例を提示することにある（松野は「呈示」という語を使っている）。「平成一一年〔一九九九年〕四月一日現在、無期懲役の判決を受け、在監中に何らかの精神障害を発症もしくは増悪し、精神障害者専門医療刑務所である城野医療刑務所で治療を受けている者のなかで、収監以来三〇年以上服役している者を対象として選択した」と松野が記しているのが、別掲の「資料3」の無期囚十三名である。そのうち服役期間がもっとも長い五〇年の囚人が二人いるが、年齢と罪名から、「症例A」として挙げられている囚人が、かつての少年死刑囚のモデルと思われる人物、「鹿児島雑貨商殺害事件」の無期囚であることがわかる。彼は、この研究報告がなされた時点では満六十八歳で、リストの「年齢」欄の「六〇代後半」に該当した。この無期囚についての松野の報告の全文は以下のとおりである。

〈症例A　六〇歳代後半〉
罪名：強盗殺人等
刑期：恩赦により死刑から無期懲役に減刑
服役期間：約五〇年
前科前歴：なし　　〔「なし」は誤りと思われる＝池田註〕
診断：精神分裂病
病歴：Aは幼少時に両親と離別し継父に養育された。中学時代になると、家の金を黙って持ち出すなど素行が次第に悪くなり、学校は中退した。その後は、行員や軍隊などを経験したが、どこの職場でも窃盗を繰り返し、数ヶ月も続かなかった。一六歳時、逃亡、強盗等の罪で服役していた軍刑務所を釈放されたが、生活に困窮し釈放の半月後、金銭を目的に行きずりの家に押し入った。

収監当初はとくに問題なく、Aは工場で作業に従事し事故もなく良好な成績だった。ただ、他人と交わることを好まず、自らひきこもる内面的な性格が目立った。収監から六年後の二二歳頃には空笑や独言を観察されているが、問題行動は顕在化しなかった。その後、極端に口をきかなくなり、拒食、独言、空笑などが激しくなった。三四歳頃になると、「声で水をかぶれといわれた」と、便器の水を着衣のままかぶる、全裸で徘徊するなどの逸脱行動がひどくなり、三五歳時城野医療刑務所に移入された。

当所に移入時、Aは冷たく硬い表情で、質問に対して短い単調な返答があるだけで、感情的な疎通性も全く感じられなかった。投薬治療によって半年後には上記のような異常な行動は落ち着いた。問えば「婆婆で吹き込んだレコードが売れているかが心配」「母親の教えどおり西郷隆盛を殺したので、刑務所に入る必要はなかった」等と言うものの、工場に出役し真面目に作業をするようになった。

以降、ときに「死ね死ねと聞こえて苦しい、息ができない」と幻聴体験がひどくなり、作業ができなくなるような病状の悪化もあったが、いずれも半年ほどの休養治療で改善し、懲役作業に復帰した。

現在、Aの態度はつねにコソコソと落ち着きに欠けるものの、生真面目に就業し、規則正しい日々を送っている。診察時には「事件は徳川家康と天皇から西郷隆盛の首を討てと言われてやった」「サナダムシと回虫をすい臓に入れてもらって調子がよい」「プロ野球から誘いが来ているけど、身体に自信がないので悩んでいる」等と言う。ただ、水を向けない限りは自らこれらの妄想は口にしない。現処方は levomepromazine 75 mg haloperidol 6 mg biperden 7 mg 分3, vegetamin A 1錠 vegatamin B 1錠である。

まとめ：服役中の二〇代前半から緩徐に発症したと推定される破爪《(ママ)》型精神分裂病の症例である。現在も荒唐無稽な妄想は残るが、完全な二重見当識が成立しており、施設内での生活ぶりは安定している。

この症例報告がなされた一九九九年四月から、仮出所が許可されなかった二〇一〇年までに、なお十一年の時間が経過した。その十一年は、それに先立つ五十年の時間の後にさらに流れた年月である。医療刑務所の医官の報告は、この無期囚の表面に表われた精神病の症状をしか見ていない。彼をこのような無惨な精神病に追い込んだ無期刑の意味も、そこに追い込まれた彼の精神と心理の長い遍歴も、この報告は伝えない。だが、私たちにはそれが見えるはずだ。少年死刑囚の現在を私たちは知らない。知ることは妨げられている。だが、これまでに到達しえた手がかりだけからでも、私たちには彼の現在の姿が見えるはずだ。

（二〇一二年三月二十六日）

中山義秀（なかやまぎしゅう）
1900年10月5日～1969年8月19日
1938年 『厚物咲』で第7回芥川賞
1964年 『咲庵』で野間文芸賞
1966年 『咲庵』で日本芸術院賞

池田浩士（いけだひろし）
1940年 大津市生まれ
1968年4月から2004年3月まで京都大学勤務
2004年4月から京都精華大学勤務
「池田浩士コレクション」既刊分＝①『似而非物語』、②『ルカーチとこの時代』、③『ファシズムと文学』、④『教養小説の崩壊』、⑤『闇の文化史』（インパクト出版会刊）以下続刊

少年死刑囚

2012年4月20日 第1刷発行

著　者　中　山　義　秀
解　説　池　田　浩　士
発行人　深　田　　　卓
装幀者　藤　原　邦　久
発　行　インパクト出版会
〒113-0033 東京都文京区本郷2-5-11 服部ビル2F
Tel 03-3818-7576 Fax 03-3818-8676
E-mail：impact@jca.apc.org
http:www.jca.apc.org/~impact/
郵便振替 00110-9-83148

モリモト印刷